밤에만 여는 북덕방

• **편집자 주**_이 책에서는 같은 공간을 지시하는 말로 부동산과 복덕방을 섞어 사용했다. 복덕방이라는 말은 지금은 잘 사용하지 않지만 복과 덕을 짓는 방이라는 뜻을 담고 있어, 이 동화가 말하고자 하는 의미를 드러내는 데 적절한 표현이기 때문이다.

밤에만 여는 복덕방

정은수 지음 | 더드로잉핸드 그림

옐로스톤

✧ 작가의 말 ✧

이 동화는 순수한 우주의 마음을 가진 어린이들의 이야기입니다. 동심을 가진 어른들의 이야기이기도 합니다.

어른들의 마음에도 어린이가 있습니다. 어린 시절에 꾸었던 꿈을 어른이 되어서도 꾸게 되죠. 수퍼 히어로가 되어 세상을 구하고, 악당을 물리치는 꿈을 꾸었던 어린이는 어른이 되어 가족을 위해 살면서 근사한 인생을 꿈꾸며 살아갑니다. 하지만 인생은 가끔 고장난 기계처럼 꺽꺽 소리를 내며 멈추기도 하죠. 세상을 살아간다는 것은 어쩌면 모험으로 나아가는 관문을 넘는 일 같아요.

우리는 가끔 내 마음대로 되지 않아 엉엉 우는 순간들이 있어요. 어른이 되어도 눈물 날 만큼 힘든 순간들이 있지요. 그럴 때는 모두 외롭고 힘든 터널을 지나는 것처럼 슬픕니다.

하지만 우리에게는 히어로가 있어요. 어린 시절 내 편이 되어 주었던 히어로는 꼭 하늘을 날고 악당을 물리치는 힘센 존재일 필요는 없어요. 아픈 상처를 어루만지며 위로하고 힘을 주는 히어로, 쓰러진 사람을 부축해서 목적지까지 함께 가 주는 히어로, 어려운 고비를 함께 건너는 히어로들이 있답니다.

지금 여러분 곁에는 누가 있나요? 진정한 친구, 완전한 내 편, 끈끈한 가족이 있나요? 그렇지 못한 상황에 놓여 있을 수도 있어요. 하지만 걱정하지 마세요. 우리 곁에는 늘 우리를 도와주는 보이지 않는 존재들이 있어요. 보이지 않고, 기억할 수 없어도 그런 존재들은 언제나 우리와 함께 있답니다. 내가 사랑했던 강아지와 고양이, 잠잘 때 위로가 되어 주던 곰 인형도 그런 존재예요.

이 책에 담긴 이야기가 여러분에게 마음의 평화를 주는 그런 역할을 하면 좋겠어요. 힘들고 외로울 때 가슴 깊이 품어 주는 존재들이 사는 마음의 집처럼, 여러분의 마음에도 큰 위로가 되어 줄 동화가 되었으면 합니다. 어린이의 마음을 잘 알아주는 어른과 함께 읽는 동화, 할머니 할아버지께 읽어 드릴 수 있는 동화로 여러분에게 다가가기를 바랍니다.

정은수

✧

해가 지기 시작하자 숲속 마을 여기저기에 불이 켜졌다.

아이의 집에도 환한 불빛이 밝혀졌다.

아이는 근사하게 차려진 식탁으로 발길을 옮겼다.

아늑한 숲속 마을은 따뜻한 불빛과 아이들의 웃음소리로 풍성했다.

✧ 차례 ✧

밤에만 여는
복덕방

괴물과 한판 승부

수정 마을에 바람이 분다. 금비 할아버지는 이제 막 청소를 끝내고 자리에 앉았다. 다른 별들은 옛 건물을 부수고 새 건물을 짓는 게 유행인데, 수정별은 예전 모습 그대로 낡은 상태다. 찬바람이 훅 불어오자 금비 할아버지는 으스스 몸을 떨었다. 석탄을 한 삽 퍼서 난로에 집어넣으니 불꽃이 파닥 일며 그제야 사무실이 따뜻해졌다.

금비 할아버지는 수정별보다 훨씬 작은 이웃별에 살고 있다. 오래전에 과학자 친구가 자신이 살던 작은 별을 물려주었는데, 금비 할아버지는 그 먼지덩이 별이 좋았다. 텐트 모양의 작은 별에 있으면 언제나 캠핑을 하는 기분이 들었다. 단점이라면 바람이 불면 이리저리 떠다녀서 항상 어딘가에 묶어 놔야 한다는 거였다. 지금은 수정별에 묶어 놓고 출퇴근하고 있다.

수정별에 출근해서 맨 먼저 하는 일은 청소였다. 반짝반짝 닦으면 근사하게 빛이 났지만 워낙 오래된 별이라 웬만해서는 청소한 티가 나지 않았다. 수정별은 지구별과 가장 가까워 다른 별들의 부러움을 샀다. 과학이 발달하면서 많은 별들이 기계화된 모습으로 바뀌었지만 지구별은 여전히 자연 그대로의 아름다움을 간직하고 있다. 지구별을 가까이에서 볼 수 있는 수정별의 인기가 치솟으면서 월세도 자꾸 오르고 있었다.

금비 할아버지는 오래전 이별한 손자를 가슴에 품고 살았다. 금비 할아버지 손자는 어려서 엄마 아빠를 잃고 할아버지 손에서 자랐다. 세월이 흘러 손자는 어른이 되고, 사랑하는 여자를 만나 결혼하고 아이도 낳았지만 금비 할아버지는 여전히 손자가 걱정스럽고 궁금했다.

'휘휘.'

주전자 주둥이에서 증기 기관차 소리가 났다. 뜨거운 물을 토해 내는 주전자를 탁자로 가져왔다. 커피와 설탕이 담

긴 컵에 물을 막 부으려던 순간이었다.

'쿵.'

벽 바깥쪽에서 소리가 났다. 금비 할아버지는 주전자를 든 채 멈칫했다. 천천히 고개를 돌려 밖을 바라보자, 광고 전단지가 바람결에 춤추고 있었다.

"저놈의 광고 전단지들이 수정 마을을 온통 쓰레기장으로 만들고 있네!"

얼룩덜룩한 광고 전단지가 괴물처럼 벽에 딱 붙어 있었다.

금비 할아버지는 모자를 눌러 쓰고 장갑도 손목까지 꽉 당겨 올렸다.

문을 열자 돌개바람이 얼굴을 후려쳤다.

'휘잉.'

발아래 풍경은 마치 상어가 입을 벌리고 있는 것처럼 아찔했다. 금비 할아버지는 일그러진 표정으로 난간에 발을 디뎠다. 자칫하면 어둠 속 미아가 될지 모른다. 금비 할아버지는 침을 꿀꺽 삼키고 심하게 내리꽂히는 바람에 맞서 나아갔다. 머리카락과 옷자락, 막대 걸레가 눈앞에서 엉켰다.

"이놈들을 다 쓸어버리겠어!"

막대 걸레로 벽에 찐득하니 달라붙은 전단지를 벅벅 문지르자 그제야 전단지가 떨어져 나갔다.

"속 시원하군!"

말끔해진 투명 벽 안으로 사무실 내부가 훤히 보였다. 금비 할아버지는 두 손을 쌍안경처럼 모아 사무실 안을 들여다봤다. 산신 아저씨가 사용하는 사무실 안쪽에 술병들이 너저분하게 널려 있었다. 머리는 부스스하고 눈은 퉁퉁 부은 산신 아저씨가 멍한 얼굴로 앉아 있는 게 보였다.

"어제도 술을 마셨나 보군!"

금비 할아버지는 '쯧쯧' 혀를 차며 수정 벽을 막대 걸레로 세게 문질렀다.

산신 아저씨가 귀를 긁적이면서 하품을 해댔다.

"매일 술을 마시니 저렇게 코가 빨갛지. 지가 무슨 루돌프 사슴이야?"

금비 할아버지가 구시렁대는지도 모르고, 산신 아저씨는 한가로운 표정으로 수정 벽을 바라봤다.

벽 너머로 푸른 지구가 선명하게 펼쳐져 있었다.

지구별을 바라보며 헤벌쭉 웃는 산신 아저씨를 금비 할아버지가 눈을 가늘게 뜨고 쳐다봤다. 산신 아저씨가 금비 할아버지한테 윙크를 날리며 엄지손가락을 치켜세웠다. 금비 할아버지는 못마땅한 표정으로 대걸레를 산신 아저씨 얼굴 앞에 척 붙였다.

"앗! 깜짝이야!"

투명한 벽이 있는데도 산신 아저씨는 깜짝 놀라 뒷걸음질쳤다.

"알아요. 이 멋진 지구별을 볼 수 있어 수정별 사무실 월세가 비싼 거죠!"

금비 할아버지가 조심조심 사무실로 돌아왔다.

문이 열리면서 회오리바람이 세차게 들어왔다.

"에이취!"

산신 아저씨가 몸을 웅크리자, 금비 할아버지가 혀를 끌끌 차며 문을 '쾅' 닫았다. 모자를 벗어 벽에 걸고 난롯가에서 언 손을 비비는 금비 할아버지를 보며 산신 아저씨가 어색하게 웃었다.

"많이 춥죠?"

"춥지! 어제도 여기서 잤나? 대체 얼마나 마셔서 집에도 못 간 거야? 바로 위층으로 올라가기만 하면 되는데……."

"조금 마셨어요."

"이렇게 계속 수정별에 있을 건가? 매달 건물 주인에게 비싼 월세를 내면서? 왜?"

산신 아저씨가 손등으로 코를 스윽 문질렀다.

"그러게요. 저도 왜 이러고 있나 모르겠네요."

금비 할아버지가 고개를 절레절레 흔들며 자리에서 일어나 탁자로 향했다.

"커피 마실 텐가?"

산신 아저씨가 피식 웃으며 고개를 끄덕였다.

"물이 식었군! 다시 끓여야겠네!"

'휘휘!'

고소한 커피 향이 사무실에 퍼졌다. 산신 아저씨가 코를 킁킁거리며 커피 향을 깊이 들이마셨다.

"빨간 코로 커피까지 모조리 빨아 삼키려고?"

"영감님도 참! 하하!"

산신 아저씨가 두 손으로 커피잔을 감쌌다. 따스한 온기가 온몸으로 퍼지자 기분이 한결 나아졌다. 금비 할아버지도 다리를 꼬고 앉아 여유 있게 커피를 들이켰다.

벽 너머로 푸른 지구별이 밝게 빛났다.

✧

두근두근, 지구별 소리

밤이 되면 지구별은 더 환하게 빛났다. 산신 아저씨는 건물 옥상으로 올라가 지구별을 한참 동안 바라봤다. 지구별을 보다 보면 늘 어떤 그리움 같은 게 밀려왔다.

산신 아저씨는 철로 만든 강아지 로봇 철컥이와 살고 있다. 오래전 분해되어 버려진 고철 장난감을 금비 할아버지가 기름칠하고 덧대어 선물로 준 것이다.

'낑낑!'

철컥이는 쇠처럼 강하게 크라고 지어 준 이름이지만 세월이 흐르면서 '철컥철컥' 녹슨 소리를 내서 이젠 놀리는 이름이 되었다.

‘낑~ 낑!’

철컥이는 늘 산신 아저씨 옆에 앉아 지구별을 바라보았다. 홀로 사는 산신 아저씨에게는 누구보다 가까운 친구다.

오늘따라 유난히 밝게 빛나는 지구별을 바라보며 산신 아저씨가 철컥이를 끌어안았다.

“요새는 지구별 소리를 못 들었네? 예전에는 심심하다며 이런저런 소리를 들려주더니! 이제 너도 귀찮아졌구나!”

철컥이가 귀를 바짝 세우더니 눈을 뱅글뱅글 돌렸다. 철컥이 눈에서 무지갯빛이 쏟아져 나오며 주변이 밝아졌다. 산신 아저씨가 울적해 하면 철컥이가 하는 행동이다.

“아니야, 아니야, 지금은 안 해도 돼. 쉬어, 쉬어!”

‘띠로롱~!’

철컥이에게 지구별로부터 오는 데이터가 전달되었다.

〈아, 짜증나! 어디서 금수저 같은 거 안 떨어지나?〉

‘띠로롱~!’

〈답답해. 시골 가면 재미있는데! 딸기 농장에서 딸기 따먹고 싶다.〉

'띠로롱~!'

〈막 뛰어다니고 싶다. 아파트에서 뛰면 혼나겠지? 정말 싫다.〉

철컥이 몸에서 흘러나오는 메시지를 들으며 산신 아저씨는 고개를 숙였다. 언제부턴가 지구별에서 오는 소리를 들으면 가슴이 답답했다. 불만과 짜증, 슬픔과 분노가 가득한 소리들이 주로 들려왔다. 기뻐하는 소리와 감동의 웃음소리들이 언젠가부터 사라졌다. 그래서인지 철컥이도 요즘은 지구별 메시지를 잘 들려주지 않았다.

"이제 들어가자! 철컥아!"

산신 아저씨는 자리에서 일어나다가 다시 털썩 주저앉았다. 머리가 핑 돌고 심장이 조여 왔다. 산신 아저씨에게 요즘 들어 생긴 증상이다.

철컥이가 웅크리고 있는 산신 아저씨에게 다가가 가슴에 앞다리를 올렸다.

'두둥, 두둥, 두둥.'

철컥이 몸에서 심장 뛰는 소리가 북처럼 울렸다. 데이터를 병원으로 전송하는 소리였다.

'삐이이~!'

병원에서 데이터를 받았다는 신호음이 울렸다. 철컥이는 눈을 동그랗게 뜨고 산신 아저씨를 바라봤다. 산신 아저씨가 숨을 푹 내쉬었다.

'삑!'

철컥이의 이마에 메시지가 떴다. 병원에서 온 검진 결과였다.

[정상! 정상! 충분한 휴식을 취하세요.]

산신 아저씨가 철컥이를 쓰다듬었다.

"놀랐지?"

철컥이가 '흐흥'거리며 바닥에 납작 엎드렸다. 산신 아저씨가 철컥이를 안아 올렸다. 철컥이는 다행이라는 듯 꼬리를 흔들었다.

'철컥철컥!'

'요새 몸이 이상하네?'

산신 아저씨는 조금 걱정스런 마음으로 팔베개를 하고 하늘을 향해 누웠다. 철컥이도 눈꼬리를 아래로 내리며 따라 누웠다. 밤하늘에 별들이 쏟아질 듯 빛나고 있었다.

잠시 자리를 비웁니다

수정별 밖으로 비가 내렸다. 작은 별들이 모인 별무리 중에서도 지구별과 가장 가까운 우주마루 별무리는 지구별과 기후 조건이 비슷했다.

산신 아저씨와 금비 할아버지는 말없이 지구별을 바라보다가 한숨을 내쉬었다.

"아무래도 지구별에 무슨 일이 있는 것 같아요. 지구별의 안 좋은 소식만 접하면 자꾸 심장이 조여 오는 게 이상해요."

금비 할아버지가 한참 동안 뭔가를 생각하다가 문을 열고 밖을 내다봤다.

"같이 가볼 데가 있네!"

산신 아저씨가 영문을 모르겠다는 듯 눈을 깜빡였다.

"어디를요? 병원은 안 가도 돼요. 철컥이가 데이터를 보내서 결과 메시지를 받았어요."

"병원 아냐! 따라와!"

비가 주룩주룩 내리는 길에 은빛 자전거 한 대가 쓰러져 있었다. 금비 할아버지가 천천히 자전거를 일으켜 세웠다.

"어딜 가는데요?"

금비 할아버지가 손바닥을 펼치며 하늘을 올려다봤다.

"비가 세차게 오는구먼!"

"우산 가져올게요."

"됐어! 모처럼 비 좀 맞자고! 가서 사무실 문 잠그고, 팻말 세워 놓고 와!"

"왜요? 사무실에 아무도 안 오는데요?"

"그래도 안내문은 세워 놔야지!"

산신 아저씨가 사무실로 달려가 문을 잠그고, 팻말을 세워 놨다.

[잠시, 자리를 비웁니다. 곧 돌아옵니다.]

- 수정별 별지기, 산신 -

지금은 찾아오는 이들이 없지만, 오래전 수정별은 지구별에 영감을 전하는 일을 했다. 우주 예술가들이 모여 영감을 전하면 지구 예술가들이 지구별 사람들에게 마음의 위안을 주는 예술품을 만들어 냈다. 우주 예술가들은 지구별의 영혼 성장에 도움을 주고, 그에 따른 에너지의 일부를 약간의 대가로 지불 받았다. 대가는 적었지만 우주 예술가들은 지구별의 예술혼을 살리는 데 자부심을 가졌다.

하지만 언제부턴가 우주 거주민들 중에 힘 있는 존재들이 세력을 키우면서 우주 예술가들에게 높은 월세를 요구했고, 가진 것이 별로 없는 우주 예술가들은 결국 뿔뿔이 흩어졌다. 산신 아저씨도 근근이 버티고 있지만 곧 쫓겨날 운명이다. 앞으로 지구별 예술인들에게 메시지를 전할 수 없게 되면 우주에 더 큰 균열이 생길 게 뻔했다. 시간이 갈수록 고민은 깊어졌다.

금비 할아버지가 자전거 페달을 밟고 막 출발하려던 순간, 요란한 소리가 들렸다.

'컹컹!'

옥상에서 철컥이가 꼬리를 흔들며 짖어 댔다. 산신 아저씨가 크게 손을 흔들었다.

"그래, 잘 다녀올게!"

"컹컹!"

산신 아저씨는 계속 손만 흔들어 댔다.

"그래, 나도 사랑해!"

금비 할아버지가 팔꿈치로 산신 아저씨 배를 쿡 찔렀다.

"올라가서 데려와!"

"넵!"

조언자의 별

우주마루를 지날 때였다. 여기저기 작은 별들이 반갑게 인사했다. 별지기들이 금비 할아버지를 향해 손을 흔들었다.

"영감님, 오랜만이네요. 어디 가세요?"

"소풍! 바람 좀 쐬려고!"

"아이고, 산신이 어린아이처럼 영감님 등에 딱 달라붙었네! 철컥이도 좋겠다."

철컥이가 꼬리를 흔들며 앙앙 짖었다. 산신 아저씨는 헤벌쭉 웃었다.

떡국별 할머니도 앙증맞은 표정으로 두 손을 흔들었다. 떡국별은 새해가 되면 떡국을 만드느라 정신없이 바빴지만 지금은 한가했다. 대신 빵별이 그 인기를 누리고 있었다.

"어이! 떡국 먹고 갈래?"

금비 할아버지가 고개를 저었다.

"바빠, 바빠! 볼 때마다 떡국 먹으면 내 나이가 몇이야? 천 살은 넘었겠네!"

"아이고! 농담도 참 지구별스럽네!"

금비 할아버지가 그대로 지나치자, '떡국' 소리에 귀가 쫑긋했던 철컥이와 산신 아저씨가 눈을 가늘게 뜨며 마주 봤다. 맛있는 떡국을 마다하다니, 금비 할아버지가 참 눈치가 없다는 눈짓을 주고받았다.

산타별을 지날 때였다. 산타 대장이 큰 소리로 인사를 하며 손을 흔들었다.

"아니, 금비 할아버지! 어쩐 일이세요? 다들 어디 가세요?"

철컥이가 꼬리를 흔들자 산신 아저씨도 고개를 숙여 인사했다.

"소풍! 바람 쐬러!"

금비 할아버지는 이번에도 별일 아니라는 듯 설렁설렁 대답했다.

"저희 썰매 타고 가실래요? 자동으로 움직이는 썰매 빌려드릴게요."

"뭐 하러! 가다가 고장 나면 어쩌라고! 수리할 썰매가 천지라며!"

"아, 들으셨구나! 영감님이 관리해 주실 때가 좋았죠. 사슴이라도 타실래요?"

"아니야. 녀석들은 오랫동안 썰매를 안 끌어서 기억도 못할걸? 지금은 관광별에서 귀염둥이 역할이나 하잖아."

산타 대장은 금비 할아버지가 예전처럼 산타별을 관리해 주길 바랐다. 하지만 금비 할아버지는 수정별 관리를 끝으로 일을 쉬고 싶다고 했다.

"자전거 모는 법을 아직도 기억하시네요?"

"그럼, 지구별에서 손자 태우고 신나게 타던 건데 잊을리 있나?"

"우주마루에 자전거를 유행시키셨죠. 요즘 젊은 별지기들은 자전거 모는 법을 몰라요. 그렇지, 산신?"

산신 아저씨가 머리를 긁적였다.

"요즘은 인공지능 택시만 타서요."

산타 대장이 크게 웃었다.

"맞아, 우리도 그래. 썰매 모는 법을 몰라서 아예 자동

운전 방식으로 바꿨어. 이젠 산타를 찾는 아이들이 많이 줄어서 그것도 고물이 됐지만!"

금비 할아버지가 피식 웃었다.

"그래도 산타별은 아직 행복한 거야. 전 세계에서 12월에는 산타를 기억하잖아! 산타 선물을 기다리고!"

"영감님! 아시면서 왜 그러세요. 아이들이 기다리는 게 산타 선물인가요? 유명 백화점에서 사 주는 선물이잖아요."

금비 할아버지가 웃으며 기침을 해댔다.

"하하하, 컥! 맞아! 가짜들 때문에 진짜들이 잊혔지! 산신령이나 삼신할머니는 아예 기억에서 사라졌어! 자, 그럼 또 보세! 우린 이만 갈게!"

산타 대장이 손을 흔들며 씁쓸하게 웃었다.

산타별은 아직 수정별보다 형편이 나은 편이지만 치솟는 월세 때문에 별지기들은 모두 힘든 시간을 보내고 있었다.

산타별과 멀어지면서 은빛 자전거는 사슴이 사는 숲별을 지나고, 놀이동산별을 지나고, 멀리 꿈 공장별도 지나 고요한 별들 사이를 천천히 나아갔다.

금비 할아버지가 산신 아저씨를 데리고 간 곳은 조언자의 별이었다. 우주 거주인들은 어떤 문제가 생기면 조언자

왕대박부동산
아파트
상가
오피스텔
상담
환영
OPEN

를 찾아가 해결책을 구하곤 했다.

산신 아저씨는 침을 꼴깍 삼키며 걱정을 털어놨다.

"조언자님, 요즘 지구별을 보면 자꾸 심장이 조여 옵니다. 무슨 문제가 생긴 걸까요?"

"지구별 사람들의 마음에 균열이 생겨 그럴 거예요. 이제 지구별에 돌아갈 때가 온 거 같군요."

조언자는 수정 구슬을 가져와 눈앞에 들어 올렸다. 수정 구슬에 오피스텔이 빽빽이 들어선 첨단 도시가 보였다. 구슬 가운데를 손가락으로 밀어 확대하자 초록 불빛으로 겹쳐진 숲속 마을이 보였다. 조언자가 미소를 지으며 한 군데를 콕 찍자, 불빛이 환한 소박한 사무실이 나타났다. 더 확대하자 다람쥐 복덕방 간판이 보였다.

"이곳이 당신이 일할 곳입니다."

"제가 어떻게요?"

"지구별을 보면 가슴이 아프다고 했죠. 이곳에서 이유를 찾을 수 있을 거예요. 자연스럽게 아픔도 사라질 거고요."

금비 할아버지가 산신 아저씨 어깨를 토닥이며 말했다.

"걱정 말고 잘 다녀와! 수정별은 내가 관리하고 있을 테니까!"

조언자를 만나고 돌아오면서 금비 할아버지와 산신 아

저씨는 한동안 말이 없었다.

자전거 바퀴를 구르고 있는 금비 할아버지를 산신 아저씨는 뒤에서 한동안 바라보았다.

"영감님! 힘드시죠? 올 때는 택시를 탈 걸 그랬나 봐요."

금비 할아버지는 뒤를 돌아보지 않고 빙그레 웃었다.

"괜찮아! 누굴 도울 때는 신이 나고 힘이 생기지. 자네가 그 기분 알까 몰라! 하하!"

며칠 뒤, 금비 할아버지는 산신 아저씨 집으로 짐을 옮겼다. 수정별을 떠나는 산신 아저씨의 부탁으로 당분간 수정별을 관리하며 철컥이를 돌봐야 했다. 이별을 앞두니 눈물이 났다. 금비 할아버지는 애써 미소를 지으며 산신 아저씨에게 손을 흔들었다. 철컥이도 조용히 꼬리를 흔들며 산신 아저씨를 지켜봤다.

산신 아저씨는 지구별로 가는 투명 곤돌라를 기다렸다. 자주 드나드는 곤돌라가 아니어서 시간에 잘 맞춰 타야 했다.

드디어 별 사이를 순환하는 투명 곤돌라가 다가왔다. 산신 아저씨는 차마 금비 할아버지와 철컥이를 똑바로 보지 못하고 고개를 숙인 채 말없이 손만 흔들었다.

금비 할아버지와 철컥이 모습이 곤돌라에서 멀어지면

서 수정별도 점점 작아졌다.

지구별이 가까워지자 푸른 바다가 눈앞에 펼쳐졌다. 산신 아저씨는 설레는 마음 반, 걱정 반으로 각오를 다졌다. 지구별에서 잘해 내고 싶었다.

✧

환영합니다

큰 오피스텔 빌딩이 들어선 광장에는 현실 세계의 '왕대박 부동산'이 있었다. 해질 녘, 사람들 눈에는 왕대박 부동산이 문을 닫은 것처럼 보이지만 숲속 마을은 활기를 띠기 시작한다. 밤에 문을 여는 다람쥐 복덕방은 홀로그램 데이터로 이루어진 숲속 마을로 이어지며 현실 세계와 겹쳐져 있다.

짙은 뿔테 안경을 낀 다람쥐 복덕방 소장은 서류를 넘기다 말고 고개를 들었다.

"아, 눈알 빠지겠네!"

소장은 머리 위로 뿔테 안경을 얹고, 서류를 열심히 들여다보고 있었다. 밖에서 그 모습을 지켜보는 이가 있었다. 진작부터 문 앞을 서성이고 있는 산신 아저씨였다.

서류에 정신이 팔려 산신 아저씨를 알아채지 못하던 소장이 고개를 들어 문밖을 내다봤다.

"왜 안 오는 거야? 해 지기 전에 오기로 했는데?"

소장과 눈이 마주치자 산신 아저씨가 고개를 숙여 인사했다. 소장은 화들짝 놀라서 문을 열었다.

"나한테 인사했어요?"

산신 아저씨가 멀뚱한 표정으로 눈을 껌뻑이다가 고개를 끄덕였다.

"네!"

"제가 보이나요?"

산신 아저씨가 머리를 긁적였다.

"네, 저는 조언자님이 보내서 왔는데요."

소장은 대답 없이 문을 쾅 닫고 들어갔다. 그리고 컴퓨터 모니터를 살펴보고 고개를 갸웃거리더니 이런저런 서류를 빼보고 나서 누군가와 통화를 했다. 마침내 통화를 끝내고 환한 미소를 지으며 사무실 문을 활짝 열었다.

"환영합니다! 여자분이 오시는 줄 알았어요. 내용이 수정된 것을 몰랐네요. 이력을 보니, 예전에 숲지기로 활동하셨군요."

산신 아저씨가 의아한 눈빛으로 소장을 바라봤다.

"제 기록이 있나요?"

"네. 숲지기라고 기록되어 있어요. 그 이상은 나와 있지 않고, 새롭게 일을 맡아 하라는 지시가 있네요."

소장이 컴퓨터 자판을 누르다가 숨을 휴 내뱉었다.

"여기 소파에 앉으세요."

소장이 소파 등받이를 톡톡 치면서 산신 아저씨에게 눈짓을 했다. 눈빛은 날카로웠지만 미소가 친절했다. 산신 아저씨는 쭈뼛거리며 소파에 앉았다.

소장이 일회용 커피 봉지를 뜯어서 컵에 부었다. 뜨거운 물을 쪼르르 따라 찻숟가락으로 휘휘 젓자 달달한 커피 향이 퍼졌다.

"제가 지구별 사람인 줄 알고 놀라셨어요?"

"네, 지구별 사람들은 우리를 볼 수 없거든요. 이 숲이 활발하게 움직일 때는 지구별 사람들에게는 잠자는 시간이죠. 시간이 다르게 흐르니까요."

산신 아저씨는 커피를 한 모금 마셨다. 유난히 커피를 좋아하는 금비 할아버지 생각이 났다. 떠나온 지 얼마 되지 않았는데 벌써부터 철컥이와 잘 지내고 있는지 궁금했다.

소장은 서류를 살피다가 다시 한 번 공룡 같은 숨을 내뱉었다.

"아픔이 크셨나 봐요. 큰 아픔을 겪게 되면 기억과 함께 기록도 삭제되죠."

산신 아저씨가 컵을 테이블에 내려놨다.

"제가 어떤 아픔을 겪었던 걸까요?"

"글쎄요, 저는 알 수가 없습니다. 간절히 원하면 스스로 알게 되지 않을까요?"

산신 아저씨는 소장의 알쏭달쏭한 말에 눈만 껌벅였다.

소장이 사무실 안쪽에 있는 나무 계단으로 올라갔다.

다락방 문을 열자, 카메라와 마이크가 갖춰진 방이 나왔다.

"이게 다 뭐죠?"

"1인 방송국입니다. 요새 지구별 사람들은 너도나도 1인 방송을 하는 게 유행이죠. 우리도 방송으로 실시간 연결해서 홀로그램 집을 찾아 줍니다. 실제 접속과 달리 컴퓨터 게임 같다고나 할까? 아바타를 이용해서 현실과 가상의 공간을 오가는 정도라고 해두죠. 참여자들이 실제처럼 느끼는 홀로그램이라고 보면 됩니다. 차차 이해하시게 될 거예요. 방송에 접속한 신청자들이 보내 오는 사연을 중심으로 마음의 집을 만드는 거랍니다."

산신 아저씨는 도무지 무슨 말인지 이해가 잘 안 되었지만 차차 배워 나가면 되겠지 하고 생각했다.

소장이 칩 하나를 꺼내 작은 기계에 넣었다. 단추를 누르자 홀로그램 형태의 학습 프로그램이 열렸다.

"반나절만 공부하면 이 일은 잘 익힐 수 있을 거예요. 이건 통신기예요! 아직 실험 단계지만 수정별과 통화할 때 사용하세요."

산신 아저씨가 얼떨떨한 표정으로 통신기를 손목에 찼다.

"지금 지구별은 첨단으로 발전하고 있어요. 기계에 적응하려면 공부 좀 해야 할 거예요."

소장은 자리에서 일어나 산신 아저씨에게 따라오라고 손짓했다. 소장을 따라 사무실 안쪽으로 들어가니, 밖으로 통하는 문이 나왔다.

"어, 여긴?"

다람쥐 복덕방이라는 간판이 걸린 사무실이었다. 아까 본 사무실과 같은 사무실인데, 뒤쪽에서 보니 통나무집이었다.

"분명히 같은 장소인데, 여기서 보니까 다르게 보이네요."

소장이 재미있다는 듯 웃었다.

"두 개의 장소가 겹쳐져 있어요. 지금 보이는 것은 오래 전 숲속을 재현한 거랍니다."

다람쥐 복덕방 앞에는 푸른 숲이 펼쳐져 있었다. 눈부시게 파란 하늘에는 뭉게구름이 떠 있고, 졸졸 흐르는 시냇물 소리 사이로 새들의 지저귀는 소리가 흘러나왔다.

"이 숲은 사람들 마음을 치유하는 장소예요. 마음의 집이 이 숲에 지어진 이유죠. 다람쥐 복덕방은 하루를 마감하는 밤에 문을 엽니다. 그때가 이 숲의 시간으로는 하루가 시작되는 아침이랍니다."

"그렇군요."

산신 아저씨는 숲이 전하는 신선한 공기를 들이마셨다. 답답했던 가슴이 뻥 뚫리는 느낌이었다.

"월급은 에너지로 쏴 드리는 거 아시죠? 다람쥐 복덕방에서 통용되는 화폐는 도토리예요. 수정별 월세는 그걸로 해결하면 되겠죠?"

"아! 저희 사정을 아시네요."

산신 아저씨가 멋쩍게 웃자, 소장이 눈을 찡긋했다.

"당신이 그동안 수정별에서 애썼던 시간이 기록에 나와 있어요. 앞으로는 지구별 사람들을 위해 이곳에서 일하시면

됩니다. 예술가들에게 영감으로 위안을 준 것처럼 지구별 사람들의 마음을 달랠 수 있을 겁니다."

말을 마치고 소장이 빙그레 웃었다. 바라보는 눈빛이 마치 오래전부터 알고 지내던 사람처럼 친숙했다.

"저를 알고 계십니까?"

소장이 고개를 끄덕였다.

"조언자의 눈빛을 닮았나요? 우린 자매예요. 자, 이제 일에 대해 더 궁금한 거 있으면 물어보세요."

"왜 도토리예요? 이름이 다람쥐인 것도 궁금합니다."

"다람쥐는 숲속에서 부지런히 식량을 모으죠. 도토리는 그 에너지고요. 땅의 순수한 에너지! 아시겠지만, 홀로그램 숲속이라서 진짜 다람쥐들의 도토리를 빼앗는 건 아니에요."

산신 아저씨가 고개를 끄덕였다.

"생명의 순환에서 에너지를 모으는군요."

소장은 그 말에 부드럽게 미소 지으며 산신 아저씨를 향해 손짓했다.

"이리 와 보실래요?"

소장을 따라 산신 아저씨가 천천히 발걸음을 옮겼다.

다람쥐 복덕방 건물 뒤편 숲 사이로 통나무집들이 모여 있었다. 커다란 나무 위에도 근사한 집들이 얹혀 있었다.

"우와! 저렇게 높은 나무 위에도 멋진 집이 있네요. 마치 밀림 숲 위에 지어진 집 같아요."

"마음의 집은 현실의 집과 비슷해요. 세상 어딘가에 있을 것 같은 집이죠."

숲속 통나무집들을 둘러보는데 왠지 모를 아련함 같은 게 전해져 왔다. 푸른 발아래 펼쳐진 숲이 오래전부터 기다려 온 것처럼 인사를 건네는 것만 같았다. 어디선가 익숙한 노랫소리가 들려오는 듯했고, 누군가 손짓하며 달려와 개울가로 가서 물고기를 잡자고 할 것만 같았다. 멀리서 행복하게 웃고 떠드는 아이들의 목소리도 들리는 듯했다.

소장이 산신 아저씨의 등을 감싸며 말했다.

"잘할 수 있을 거예요."

초보 적응기

산신 아저씨는 학습 프로그램이 알려주는 대로 열심히 일을 배웠다. 마음의 집이라고 해서 소원만 빌면 무조건 무한대로 집을 지을 수 있는 게 아니었다. 일정한 가상 데이터 안에 설계 담당자가 공간을 만들었다. 집을 원했던 사람들이 만족할 만큼 머물다가 떠나면, 그 자리에 새로운 사람들이 원하는 집을 다시 지었다.

산신 아저씨는 마음이 바빴다. 술을 마실 여유도, 잠에 취할 시간도 없었다. 다람쥐 복덕방 일을 익혀야 했고, 하루하루 생활도 열심히 해야 했다. 빨래를 하고 끼니를 차리고, 바쁜 중에도 간간이 음악도 듣고 책도 읽었다. 하루 한 번 햇빛이 밝을 때 산책도 빼먹지 않았다.

다람쥐 복덕방의 일은 해가 질 무렵에 본격적으로 시작된다. 신청자들이 보낸 사연 중 하나를 골라 인터뷰를 하고, 집에 대한 사연이 더해지면 공예 로봇이 구체적인 모형 집을 만들었다. 여기에 구성원까지 정해지면 전문가들이 시뮬레이션을 돌려 적당한 규모와 환경을 갖춘 집을 찾아 주었다. 이미 지어진 집이 없을 때는 새로 집을 만들어야 했다. 집 지을 자리가 마련되면 다시 수정 단계를 거쳐 3차원 집을 홀로그램으로 완성한 뒤, 다람쥐 복덕방에 오는 약속을 잡았다.

신청자 인터뷰가 있는 날이다. 산신 아저씨는 차분하게 마음을 가다듬고 카메라 앞에 앉았다.

"안녕하세요. 다람쥐 복덕방의 산신 아저씨입니다."

채팅창으로 사람들이 몰려왔다.

〈어? 새로운 얼굴이네?〉

〈복덕방이 레벨 업 했나?〉

〈마음에 드는 집을 구해 주는 곳이 맞아요?〉

〈이사 가려고 알아보는데 알고리즘이 나를 이끌었다.〉

〈못생기지는 않았는데, 잘생긴 것도 아닌 그저 평범한 얼굴!〉

<심심해!>

신청자와 인터뷰할 때 많은 접속자들이 실시간으로 글을 올렸다. 채팅창으로 한꺼번에 글들이 올라와 정신이 없었다. [목소리로 바꿈] 버튼을 누르자, 순식간에 글이 목소리로 바뀌면서 시끌벅적해졌다. 빠르게 올라가는 글도 읽기 힘들었지만, 목소리들이 한꺼번에 터져 나오니 더 난감했다. 산신 아저씨는 다시 채팅 글로 바꿔서 신경을 집중해 사연을 살폈다.

드디어 인터뷰할 신청자 프로필이 보였다. 산신 아저씨는 버튼을 눌러 신청자와 연결했다.

"어서 오세요. 꼬마 손님! 어떤 집을 원하시나요?"

"행복한 집에서 살고 싶어요."

"구체적으로 말씀해 주시겠어요?"

"사과나무가 있는 집에서 엄마 아빠랑 살고 싶어요. 이혼하시기 전처럼 행복하게요. 그때가 그리워요."

"그렇군요. 원하는 날짜에 들어갈 수 있는 집이 있는지 살펴볼게요."

산신 아저씨가 데이터를 열어 적당한 집을 찾아보았다. 사과나무가 있는 집은 보이지 않고, 당장 들어갈 수 있는 집은 살구나무가 있는 집이었다.

"꼭 사과나무일 필요는 없지요?"

"엄마 아빠랑 사과나무 밑에서 노래를 불렀어요."

"살구나무도 괜찮죠?"

"아빠가 사과를 따 오면 엄마가 사과 잼을 만들어 줬어요."

"아, 살구 잼도 맛있어요."

"사과를 직접 갈아서 주스도 만들어 주셨는데요. 살구 주스는 못 마셔 봤거든요."

아이가 조금 화난 목소리로 말했다.

산신 아저씨는 그제야 침을 꼴깍 삼키며 어쩔 줄 몰라 했다.

멀리서 지켜보던 소장이 종이에 뭔가 적어 보여 주었다.

알겠다고 하세요. 구해 보겠다고.

산신 아저씨가 애써 침착하게 말했다.

"네, 그럼 사과나무가 있는 집으로 알아보겠습니다. 오늘 방송은 여기까지! 여러분, 좋은 하루 되세요."

〈뭐야? 벌써 끝난 거야?〉

〈왜 한 명만 뽑아요?〉

〈홀로그램 집은 안 보여 줘요?〉

〈초짜라 당황하심?〉

글자로 바꾼 채팅창에서 소리 없는 아우성이 펼쳐졌다. 산신 아저씨는 얼른 방송을 껐다.

소장이 박수를 치며 웃었다.

"초보 티가 조금 났지만 잘하셨어요."

산신 아저씨가 한숨을 쉬고는 고개를 절레절레 흔들었다.

"빨리 집을 찾아 주고 싶은 마음에 그만! 꼬마가 화난 줄도 몰랐어요."

"누구나 마음속에 그리는 집이 있으니까요. 잘 찾아보면 날짜에 맞는 집이 있을 거예요. 없으면 사과나무 집으로 다시 설계해야죠. 전문가들한테 맡기면 마음의 집은 금방 지어져요."

소장은 나머지 일도 세심하게 설명한 뒤에 악수를 건네고 떠났다.

사과나무 아래서

다람쥐 복덕방은 현실 세상에서는 보이지 않지만 간절한 바람만 있으면 누구나 찾아올 수 있었다. 사람들의 꿈속에서, 상상 속에서, 심지어 멍한 상태에서도 진심 어린 마음만 있으면 접속이 가능했다. 꼭 오겠다고 의지를 다지지 않아도 한번 와 본 사람은 아이처럼 순수한 마음이 되면 언제든 다시 들어올 수 있다.

마음의 집에서 위안을 얻은 사람들은 현실 세계를 살아갈 힘을 얻었다. 따뜻한 마음으로 현실 세계의 두려움을 헤쳐 나가며 무엇이든 해낼 수 있다는 믿음과 용기가 생긴다. 그 힘이 어디에서 왔는지 스스로 알 수는 없지만 마음의 집에서 원하는 사람들과 행복한 시간을 보내고 나면 현실이 바뀌는 것이다.

다람쥐 복덕방이 행복한 집을 구하기 위해 최선을 다하는 이유이다.

며칠 뒤, 사과나무 집이 만들어졌다. 아이가 원하던 집이었다. 마당에는 사과나무가 있고, 엄마 아빠와 함께 살고 있었다.

아이는 사과를 따서 엄마에게 건넸다. 엄마는 사과를 한 입 베어 물고, 반달 같은 미소를 지었다.

아이는 신난 표정으로 팔짝팔짝 뛰었다.

"엄마, 사과 먹으면 예뻐진다고 했죠?"

사과즙이 입 밖으로 튀어나오자 엄마가 아이 입을 닦아 주었다.

"그럼!"

"나도 예뻐지겠네? 엄마처럼!"

누군가 아이를 뒤에서 펄쩍 안아 올렸다.

"우리 딸은 엄마보다 백배 천배 더 예뻐질걸?"

"아빠!"

아이가 환호성을 지르자 아빠가 아이를 꼭 끌어안았다.

"보고 싶었어요."

현실 세계의 아빠는 아이 곁을 떠났다. 알코올 중독자 같은 엄마 대신 좋아하는 아줌마가 생겼다고 했다. 아이는 아빠가 미웠지만, 엄마도 미웠다. 그럼에도 아이는 아빠도 엄마도 많이 사랑했다.

집 마당을 뛰어다니며 아이는 신나게 노래를 불렀다. 나무 식탁 위에 사과 잼을 바른 샌드위치가 놓여 있었다. 아이는 엄마 아빠 손을 잡고 마당을 빙그르르 돌았다. 새들도 마당을 가로지르며 사과나무 위를 빙글빙글 돌았다.

산신 아저씨는 멀리서 아이를 지켜봤다. 주홍빛 석양이 아이를 환하게 물들여 주고 있었다.

해가 지기 시작하자 숲속 마을 여기저기에 불이 켜졌다. 아이의 집에도 환한 불빛이 밝혀졌다. 아이는 근사하게 차려진 식탁으로 발길을 옮겼다. 아늑한 숲속 마을은 따뜻한 불빛과 아이들의 웃음소리로 풍성했다.

산신 아저씨는 한참 동안 숲을 바라보다가 통나무집으로 돌아왔다. 화목했던 가정을 그리워하는 아이의 마음이 짐작이 갔다. 아이의 소중한 추억이 지금 이 순간 마음의 집에 고스란히 펼쳐지는 모습을 보며 산신 아저씨는 왠지 코끝이 찡해졌다. 이 일을 잘해 내야겠다는 생각이 들었다.

'따르릉!'

금비 할아버지한테서 온 전화였다.

"일은 잘돼 가나?"

금비 할아버지는 수정별 월세가 엄청나게 치솟고 있다는 소식을 알려 왔다. 묵묵히 수정별을 관리하며 철컥이를 보살피고 있는 금비 할아버지에게 미안했다.

"다음 달까지 월세랑 영감님 월급을 다 해결할 수 있을 것 같아요. 철컥이에게도 맛있는 사료를 보내 줄 수 있어요."

"그렇군. 자네가 없으니 심심해!"

그 말에서 홀로 외롭게 지내고 있는 금비 할아버지의 마음이 전해졌다.

"영감님! 조금만 더 견디세요. 수정별로 돌아갈지 더 있어 보고 결정할게요."

"그래! 신중해야지!"

금비 할아버지는 시무룩한 표정으로 철컥이 발을 흔들며 인사를 건넸다.

산신 아저씨는 아직까지 수정별로 돌아갈 계획은 없었지만 금비 할아버지와 철컥이가 늘 마음에 걸렸다. 수정별에서 지구별을 그리워하던 것처럼 지금은 수정별이 그리웠다.

산신 아저씨는 조용히 창문을 열고 하늘을 올려다봤다. 유난히 외로워 보이는 밤하늘이었다.

영감님은 영감님

숲속 마을에 햇빛이 쏟아졌다. 새들의 노랫소리에 잠을 깬 산신 아저씨는 길게 기지개를 켰다. 창문을 열고 초록으로 물든 숲 기운을 흠뻑 들이마셨다. 졸졸 흐르는 냇물의 물비린내와 신선한 풀 향기가 가슴속으로 스며들어왔다. 산신 아저씨는 커피 한 잔을 마신 뒤 천천히 숲길을 걸었다.

해질 무렵이 되어서 산신 아저씨는 사무실로 돌아왔다.

다시 방송 시간이 되었고 접속자들이 모였다. 산신 아저씨는 방송 준비를 위해 자리에 앉았다.

"어떤 집을 원하는지 말해 주세요."

"엄마와 함께 살 집을 구해요. 창문을 열고 쫀드기를 떼

어먹던 시절이 그립거든요."

쫀드기를 먹던 시절이라면 오래된 사연이다.

"구체적으로 얘기해 주시겠어요?"

"빨간 벽돌집이었어요. 언덕에 있었는데, 지금은 사라졌어요. 엄마와 그 집에서 다시 만나고 싶어요."

보내 준 주소를 입력하자, 없는 집으로 나왔다.

"그렇군요. 지금은 그 자리에 아파트가 들어섰네요."

"그래서 고민이에요. 그 집을 설명해야 하는데, 잘 기억나지 않아요."

"괜찮아요. 우리가 오래전 데이터로 예전 집을 찾아볼게요. 잘 재현해서 숲속에 만들면 되죠?"

"그게 가능해요? 언제까지 되는데요? 마음이 급해요."

홀로그램 전문가에게 메시지를 보내자, 자료를 찾아서 재현하는 데 하루면 된다는 답이 돌아왔다.

"내일 다람쥐 복덕방으로 오시면 됩니다. 그런데 마음이 급하신 이유를 들어 볼 수 있을까요?"

신청자가 그제야 차분한 목소리로 말했다.

"제가 너무 다급하게 말씀드렸네요. 사실 얼마 전에 엄마가 쓰러지셨어요. 기억마저 희미해지시더라고요. 제 곁에서 점점 멀어지는 엄마를 보는 게 슬퍼요. 엄마는 가끔 예전 집에서 저와 쫀드기를 떼어 먹던 얘기를 하세요. 그때 어린 저와 함께 봤던 하늘이 참 예뻤다고 하셨죠. 인생이란 게 작은 행복들로 채워진다는 걸 깨달으셨대요. 그때 일이 저도 희미하게 기억나요. 파란 하늘에 구름이 떠 있었어요. 엄마가 저를 안고 햇살이 쨍하게 비친 창문에서 지나가는 비행기를 보며 손을 흔들었죠. 그때 저는 엄마와 하늘을 나는 것 같았어요. 햇살에 비친 엄마의 젊고 아름다웠던 미소도 떠올라요. 이제는 노인이 된 엄마가 갑자기 저 하늘로 올라갈까 봐 가슴 아파요. 아직 이별할 준비가 안 되었거든요."

"마음의 집에서 엄마와 못 다한 이야기를 많이 나누시면 되겠네요."

"네, 그러겠습니다."

방송이 끝났다. 세월이 흘러 어른이 된 신청자는 노인이 된 엄마와 머물 마음의 집을 구했다. 사람들은 어른이 되어서도 다람쥐 복덕방에 사연을 보냈다. 어린 시절에 방문했던 이곳을 어른이 되어서는 기억하지 못하지만 간절한 마음이 이끄는 것이다.

산신 아저씨는 조용히 소파에 앉아 눈을 감았다. 데이터 공간의 한계 때문에 많은 신청자들의 집을 다 만들어 줄 수 없는 게 아쉬웠다. 한참 동안 이 생각 저 생각 하고 있을 때 전화벨이 울렸다. 철컥이가 거울 앞에서 꼬리를 흔드는 영상이 보였다.

"철컥아!"

산신 아저씨의 목소리에 철컥이가 더 열심히 꼬리를 흔들었다. 철컥이의 꼬리가 성가시다는 듯 두 손을 휘저으며 금비 할아버지가 영상에 나타났다.

"어, 바쁘지?"

"아뇨. 이제 막 쉬려던 참이었어요. 영감님은 어떠세요? 심심하시죠?"

"나보다 철컥이가 많이 심심한가 봐! 자꾸 조르네!"

금비 할아버지가 실눈을 뜨며 웃었다.

"자주 연락하셔도 돼요. 이제 영상 전화도 할 줄 아시잖아요."

"난 아직 잘 모르겠어. 철컥이가 계속 방법을 알려 주는데도 말이야! 이 녀석이 없었으면 어쩔 뻔했어. 늙으니까 혼자 할 수 있는 게 점점 줄어들어!"

"전자기기 다루는 게 조금 복잡하죠? 저도 이 전자기기들을 다루는 게 조금 힘들어요. 그리고 영감님은 늙지 않으셨어요. 열정이 넘치는 젊은이 같은걸요."

"그래? 그런데 자네가 날 뭐라고 부르지?"

"영감님이요?"

"그래, 영감! 하하하! 그게 바로 늙었다는 뜻이야!"

"네? 아, 그런 뜻으로 영감님이라고 부르는 건 아니에요. 하하하! 영감님도 참!"

영감님은 산신 아저씨가 붙여 준 애칭이다. 금비 할아버지는 지구별의 감성으로 우주 예술가들에게 영감을 줬다. 지구별 예술가들에게 우주적인 영감을 전하던 우주 예술가들은 신선한 충격을 받았다. 그 뒤로 '영감'의 원천이라는 뜻을 담아 금비 할아버지를 '영감님'이라고 불렀다. 우주 예술가들은 종종 금비 할아버지의 지구별 추억을 참고해서 지구 예술가들에게 현실적인 영감을 전했다. 그 결과, 지구의 예술 감각은 우주에서도 사랑받는 예술혼으로 퍼졌다.

금비 할아버지와 농담을 주고받다 보니 어느새 마음이 따뜻해졌다.

"요새 지구별에서 오는 신호를 철컥이가 잡아채 지구별 컴퓨터로 연결된 방송을 볼 수 있었네. 근데 자꾸 끊기고 뿌옇더라고! 선명하게 보려면 통신사에 제대로 돈을 주고 봐야 한대. 그래서 말인데……."

"그래서요?"

"돈 좀 쏴 주게!"

"하하하! 알겠습니다. 보내 드릴게요."

"이제 지구별을 가까이서 구경할 수 있겠군! 재미난 코미디 프로그램도 찾아볼까?"

금비 할아버지가 철컥이 볼을 비비며 즐거운 표정을 지었다. 철컥이도 허를 내밀며 웃고 있었다. 가메라를 고화질로 바꾸니, 표정이 생생하게 보였다. 산신 아저씨는 웃으며 영상을 마무리했다.

지금 여기에서

금비 할아버지는 산신 아저씨가 없는 수정별에서 철컥이와 조금 따분한 시간을 보내고 있었다. 이제 예술가들이 남아 있지 않은 수정별에서는 별로 할 일이 없었다. 별을 잘 관리할 이유가 없어 의욕도 사라졌다. 철컥이와 가까운 숲별을 산책하고 돌아와 산신 아저씨와 영상 통화를 하는 게 유일한 즐거움이었다. 하지만 오랫동안 이런저런 얘기를 나눠 봐도 그날이 그날 같았다.
이런 마음을 아는 산신 아저씨는 금비 할아버지와 철컥이를 위해 가끔 영상 전화를 켜둔 채 생활했다.

오늘은 1인 방송이 있는 날이다. 금비 할아버지와 철컥

LIVE 다람쥐복덕방TV
오늘의 신청자
info.
•나이:11세
•가족인원:2명
•특이사항: 언덕 위에 있는 빨간벽돌집
숲속 마을 마음의 집
산신 아저씨
바르고 고운 말로 이야기 나눠요.-산신
DREAM HOUSE
집 구해요! 창문 큰 집 없나요?
SUPER CUTIE
냐옹♡ 오랜만이에요
MI VIDA
안녕하세요
CASA NUEVA
산신 아저씨! 멋져요☆

이는 영상 통화로 산신 아저씨가 아이와 인터뷰하는 모습을 지켜보았다.

"가난한 집 체험을 하고 싶어요. 저는 좋은 집에 살아서 가난한 집 아이들이 어떤지 궁금하거든요."

산신 아저씨는 말없이 한동안 눈을 깜빡였다. 신청자 아이가 가난한 집을 흥밋거리로 생각하는 것 같아서 어떻게 답을 할까 고민했다. 그때 어디선가 익숙한 목소리가 들렸다.

"아니! 가난을 놀이동산 체험으로 아는 거야?"

깜짝 놀란 산신 아저씨는 자신의 속마음이 밖으로 튀어나온 줄 알았다. 목소리의 주인공은 금비 할아버지였다. 영상 전화기에서 금비 할아버지가 버럭 소리를 지른 것이다. 다행히 영상 전화기의 스피커 소리를 작게 해 놔서 방송에 금비 할아버지 목소리가 섞이지는 않았다. 산신 아저씨는 안도의 숨을 내쉬었다. 가끔 이런 어이없는 신청자들이 접속을 해올 때가 있지만 다른 이유가 있는지 잘 들어 봐야 했다. 어쩌면 이 신청자도 가난한 친구를 이해하고 싶어서 그런 사연을 보낸 것일 수도 있었다. 신청자 아이가 더 자세한 이야기는 하지 않아 산신 아저씨는 방송을 간신히 끝내고 영상 전화기 볼륨을 키웠다.

"영감님! 화를 내시면 어떡해요. 스피커 소리가 컸다면

다 들었을 거예요."

금비 할아버지가 멋쩍게 웃으며 머리를 긁적였다.

"미안! 내가 텔레비전 보는 걸로 착각했지 뭐야!"

"마음의 세계에서는 작은 일로도 크게 상처받아요. 상처를 치유 받으러 온 사람들이 또다시 상처를 받으면 안 되죠."

"알아. 미안해! 다시는 실수 안 할게!"

금비 할아버지가 입을 크게 벌리고 "아웅~!" 하품을 했다.

"하루 종일 지구별을 보고 있었더니, 피곤해! 이만 자야겠어. 자네도 잘 자게!"

금비 할아버지가 손을 흔들자, 철컥이도 졸린 눈을 껌뻑이다가 고개를 떨어뜨렸다. 산신 아저씨가 피식 웃으며 인사를 건넸다.

"안녕히 주무세요!"

통화가 끝나고 산신 아저씨도 잠자리에 들 준비를 했다. 왠지 기운 없이 웃던 금비 할아버지 모습이 눈앞에 어른거렸다. 철컥이도 축 처져 있는 모습이었다. 금비 할아버지와 철컥이가 행복하게 잘 지내길 바라며 산신 아저씨는 잠자리에 들었다.

✧

쫀드기에 실은 꿈

홀로그램 버튼을 누르자, 숲속 집이 보였다. 통나무집 705동 자리는 얼마 전까지 아빠와 세 남매가 살던 집이다. 그 가족은 현실 세계에서는 아빠가 사업에 실패해 가족이 뿔뿔이 흩어져 살았지만 마음의 집에서는 함께 모여 살았다. 그리고 얼마 전 아빠가 직장을 구하면서 현실 세계에서도 다시 모여 살게 되었다. 마음의 집에 아직 계약 기간이 남아 있었지만 아이는 이제 마음의 집에 올 필요가 없어 자동으로 다음 신청자에게 기회가 넘어갔다.

현실 세상은 빠르게 변했다. 오래된 집이 허물어지고 새 아파트와 건물이 들어섰다. 원래 살던 집을 찾아 다시 만드는 일이 쉽지 않았다. 오래전 집들은 인공위성 사진에도 잡히지 않았고, 인터넷에도 남아 있지 않았다. 홀로그램 전문가들은 오래된 자료들을 찾아 옛 집을 복원했다. 사라진 집의 흔적을 찾기 위해 비밀리에 오래전 지구별을 관측하던 우주 천문관측소 데이터도 활용해 이미지들을 비슷하게 구현해 냈다.

사람들이 꿈꾸는 집은 대부분 비슷했다. 으리으리한 집보다는 아기자기하고 따뜻한 집이었다. 휴양지에서 볼 수 있는 예쁜 집들은 잠깐 지내기에는 좋았지만 계속 살 집으로는 역시 편안한 집을 원했다.

해질 녘의 숲속은 평화로웠다. 주홍빛으로 물든 숲속에서 불어오는 바람, 그윽한 흙냄새, 간간이 나뭇잎 사이로 쏟아지는 햇살, 새들의 지저귐, 이 모든 것이 훑고 지나가는 동안 산신 아저씨의 마음은 차분해졌다.

산신 아저씨는 숲 입구에서 신청자 아이를 기다렸다. 방송에 접속하는 신청자들은 신청할 때는 어른이어도 다람쥐 복덕방에 찾아올 때는 대개는 어린아이 모습이 된다. 많은 사람들이 어린 시절의 행복했던 집에서 다시 살고 싶어 하기 때문이다. 산신 아저씨는 천진한 눈망울을 가진 아이들을 가까이에서 보는 게 행복했다. 한껏 들뜬 표정으로 가깝게 다가오는 아이들의 눈빛은 천사 그 자체였다.

저 멀리 나무 그늘 아래에서 누군가 아이에게 손을 흔들었다. 아이의 엄마였다. 아이가 바라던 모습대로 엄마는 젊고 건강했다.

"엄마!"

아이는 눈물을 글썽였다. 엄마는 햇살 같은 미소를 지었다.

"보고 싶었어요. 엄마!"

아이는 뛰어가 엄마를 와락 안았다. 엄마는 쪼그려 앉아 아이 얼굴에 흐르는 눈물을 닦아 주었다.

"엄마 딸, 참 예쁘다."

아이와 엄마는 한참 동안 부둥켜안고 있었다. 산신 아저씨는 그 모습을 미소를 띤 채 바라보면서 나무 아래에서 기다렸다.

마침내 아이가 산신 아저씨 쪽을 돌아보았다. 산신 아저씨가 주머니에서 쫀드기를 건네자 아이가 눈을 크게 뜨고 푸핫 웃으며 쫀드기를 받아들었다. 아이는 엄마 눈앞에서 쫀드기를 흔들며 기쁨에 넘쳐 발을 동동 굴렀다.

아이가 엄마 손을 잡고 산신 아저씨를 바라봤다. 산신 아저씨가 고개를 끄덕였다.

"이제 가 볼까? 여기서 조금만 걸으면 돼."

아직 햇살이 물러나지 않은 숲길이었다. 나뭇잎 사이로 새어나오는 햇살이 간간이 얼굴을 스쳤다. 주홍빛으로 물든 숲이 평화로웠다.

무사하시길

조용한 다람쥐 복덕방에 가로등 불빛이 비추었다. 현실 세계의 아침이 이곳에서는 저녁 시간이다. 일을 끝내고 산신 아저씨는 서류를 작성하고 있었다.

'떼로롱.'

철컥이한테서 걸려온 전화였다.

산신 아저씨가 팔에 두른 통신기를 켰다.

"철컥아?"

"껑껑!"

"금비 할아버지는 어디 계셔? 잘 지내고 계시지?"

"껑껑!"

철컥이가 메시지 전송 없이 짖기만 했다.

"무슨 일이야? 왜 메시지가 안 와? 왜 짖는지 내용을 보내 줘야지!"

"껑껑!"

산신 아저씨가 눈을 깜빡였다. 무슨 일이 생긴 걸까, 걱정이 스쳤다.

"껑껑!"

수화기 너머로 희미한 목소리가 들렸다.

"나야! 내가 전구를 갈다가 넘어졌어. 근데, 끙! 일어나질 못하겠네."

산신 아저씨가 자리에서 벌떡 일어났다.

"영감님!"

"산타 대장한테 전화하려고 해도 연결이 안 되고 자네한테 간신히 연결되었군. 통신기 칩이 잘못됐나, 철컥이가 전화 연결은 안 해주고 계속 짖기만 해."

"충전이 안 되었나 봐요, 영감님! 철컥이 목 부문을 문지르면 수동으로 충전하는 구멍이 있어요. 비상 버튼 누르는 거 아시죠? 영감님이 비상시에 쓴다며 장치해 놓으셨잖아요."

"그랬나?"

"철컥이 등에 뚜껑이 있어요. 거기 충전 구멍이 있고요.

비상 버튼만 누르세요."

'띡띡!'

비상 버튼을 누르자, 철컥이가 치컥치컥 움직여 벽에 있는 콘센트로 가서 충전을 했다.

'붕붕붕붕.'

자동 충전 기능이 고장 날 때를 대비해 만든 충전 장치인데, 흠이라면 충전 소리가 요란했다.

'띠꼭, 띠꼭!'

"철컥아! 충전이 어느 정도 됐으면 병원으로 전송해줘!"

'띡띡띡띡! 띠로로로로로롱!'

'띠리리'

"네, 산타별입니다. 번호가 이상하게 뜨네?"

산신 아저씨가 서둘러 인사했다.

"산타 대장님! 안녕하세요? 급한 일이 생겼습니다."

"어, 산신? 어쩐 일이야? 지구별에 있는 거 아니었어?"

"저는 지구별에 있는 거 맞는데요, 지금 영감님이 수정별 사무실에 쓰러져 계세요. 의료진에게 연락해 주시고, 산타 대장님이 수정별로 좀 가 주시겠습니까? 철컥이가 충전이 안 되어서 데이터를 병원에 전송하는 데 시간이 걸리겠어요."

"어이쿠! 큰일이군! 그래, 알겠네. 내가 가 볼게!"

'딸깍.'

전화가 끊겼다.

"껑껑! 껑껑!"

철커이는 계속 짖기만 할 뿐 금비 할아버지의 목소리는 들리지 않았다.

"철컥아! 철컥아!"

산신 아저씨는 초조했다. 어르신을 홀로 남겨 두고 온 게 잘못인 것 같았다. 하지만 지금은 할 수 있는 게 없었다. 산타 대장을 믿고 기다리는 수밖에! 금비 할아버지에게 무슨 일이 생기지 않길 바랄 뿐이었다.

드디어 구급차와 함께 산타 대장이 수정별에 도착했다.

철컥이를 품에 안은 금비 할아버지가 구급차에 실려 가는 모습을 끝으로 통신이 끊겼다.

산신 아저씨는 답답했다. 지금이라도 수정별로 돌아가 금비 할아버지의 상태를 살펴보고 싶었다. 하지만 지금 지구별을 떠나면 다시 돌아올 수 없을지 모른다. 지구별에 오는 일은 쉬운 일이 아니었다. 금비 할아버지의 부탁으로 조언자가 우주위원회에 허락을 얻어서 마련해 준 귀한 기회였다. 겨우 오게 된 지구별을 이대로 떠나게 되면 언제 다시 올 수 있을지 알 수 없었다. 산신 아저씨는 한참 동안 숲을 바라보며 금비 할아버지가 무사하기만을 기도했다.

의리 있는 아이

다람쥐 복덕방에 도착한 사람들이 소파에 앉아 순서를 기다리고 있었다. 산신 아저씨가 컴퓨터에 있는 단추 하나를 누르자 홀로그램 집이 떴다. 새와 나무와 햇살이 어우러진 아름다운 집이었다.

"숲속 325호, 지금 가 볼까요?"

산신 아저씨는 숲속 마을로 나가 손님을 기다렸다.

아이가 한 손은 할머니 손을 잡고, 한 손은 강아지를 품에 안고 헤벌쭉 웃고 있었다. 산신 아저씨가 쪼그려 앉아 강아지 코를 문지르면서 장난을 치자, 강아지가 앞발로 산신 아저씨 손을 툭툭 쳤다.

"할머니도 모셔 왔네?"

"네, 우리 할머니예요. 집은 여기서 멀어요?"

"아니, 모퉁이에 있는 큰 나무 보이지? 거기만 돌면 나와!"

할머니 손을 잡은 아이의 표정이 해맑았다.

"할머니는 원래 엄마 아빠랑 살고 싶다고 하셨어요."

"그래? 그런데 왜 엄마 아빠는 안 모셔 왔니?"

"할머니를 요양원에 보내자고 했거든요. 할머니가 편찮으시다고, 치매라고요."

산신 아저씨는 안타깝게 아이를 바라봤다.

"그랬구나! 넌 할머니와 함께 살고 싶었구나!"

"할머니가 저를 키워 주셨어요. 엄마 아빠가 일하실 때 저를 할머니 집에 보냈거든요. 할머니는 저를 정말 사랑해 주셨어요. 그래서 저는 할머니를 못 보내요. 엄마 아빠는 의리가 없어요. 키우던 해피도 늙어서 말썽만 피운다고 다른 사람한테 줬어요. 저한테 물어보지도 않고요. 그래서 해피도 이 집에서 같이 살려고요."

"지금 안고 있는 강아지는?"

"초롱이예요. 지금 키우는 강아지요. 해피는 예전에 기르던 강아지고요."

"강아지 두 마리를 키울 수 있겠어?"

아이가 다부진 눈빛으로 고개를 끄덕였다.

"그럼요!"

아이가 원하는 마음의 집은 이미 완성되어 있었다.

"그럼, 집으로 가 볼까?"

큰 나무를 돌자 풀숲에서 하얀 강아지 한 마리가 꼬리를 흔들며 달려왔다.

"왈왈!"

산신 아저씨가 달려오는 강아지를 안아 아이에게 건넸다. 아이는 활짝 웃으며 강아지를 힘껏 껴안았다. 두 마리의 강아지가 아이의 작은 품에 폭 안겼다. 강아지가 혀로 아이 볼을 핥았다. 아이는 눈물이 그렁그렁한 눈으로 강아지를 꼭 끌어안았다.

"보고 싶었어. 해피!"

산신 아저씨가 살며시 웃었다.

"강아지 한 마리는 아저씨가 안을게! 할머니 손도 잡아야지!"

아이가 초롱이를 산신 아저씨에게 건넸다.

"감사합니다. 아저씨!"

325호는 숲길 첫 번째 모둠에 있었다. 아이가 원하던 통나무 버섯 모양 집이었다.

"우와! 정말 버섯 모양으로 만들어 주셨네요? 신나요!"

"그래, 정말 신나는 집이구나!"

아이는 할머니를 바라봤다.

"할머니가 읽어 주신 동화책에서 본 집이에요. 버섯집이요. 우리가 그 동화책으로 들어왔어요!"

할머니가 뿌듯한 미소로 고개를 끄덕였다.

산신 아저씨가 초롱이를 집 안으로 들여보냈다.

"이 집은 네 마음속에 있는 집을 그대로 옮겨 온 거야. 할머니와 해피, 초롱이랑 행복하게 지내렴!"

아이가 개구쟁이 표정으로 집 앞에 있는 도토리 상자를 가리켰다

"저 나무 상자에 매일 도토리를 넣으면 되죠?"

"그래, 숲에 떨어진 도토리를 주워서 상자에 넣으면 되지! 행복한 마음으로 매일 숲을 거닐어도 저절로 상자에 도토리가 쌓인단다. 숲에서 많은 시간을 보내면 돼."

아이가 집으로 들어가다 돌아서서 고개 숙여 인사했다.

"정말 감사합니다."

"그래, 그리고 잊지 마."

아이가 눈을 동그랗게 떴다.

"지금 너의 소중한 마음은 네게 다시 돌아올 거야! 너는 의리 있는 아이니까."

아이가 헤벌쭉 웃다가 손을 흔들며 집으로 들어갔다. 산신 아저씨가 홀가분하다는 듯 미소를 지으며 머리를 쓸어 넘겼다.

아이는 할머니와 강아지처럼 자신이 버려질지 모른다고 생각했다. 엄마는 어딘가로 떠나가 버렸고, 아빠는 재혼한 뒤에 새엄마 눈치를 봤다. 아빠가 자신을 버릴지 모른다는 불안감이 컸다. 아이가 마음의 집에서 위안과 평화를 얻고 세상으로 나아갈 수 있기를 산신 아저씨는 기도했다.

게임 캐릭터로 살고 싶어요

병원에 간 금비 할아버지는 발에 깁스를 했다. 입원해서 치료 받으면 금방 나을 거라고 했지만, 비용이 비싸다며 한사코 마다했다. 산타 대장이 아무리 권해도 소용없었다.

산신 아저씨는 멍하니 있다가 정신을 차리고 방송 준비를 했다.

"안녕하세요?"

"진짜로 집을 구해 주시나요?"

울먹이는 목소리였다.

"어떤 집을 찾으시죠?"

"그냥 혼자 사는 집이요."

"혼자요? 함께 살 사람은 없나요?"

"무서워서 혼자 살 거예요."

앞뒤가 안 맞는 얘기였다.

"무서운데 혼자 살겠다고요? 혹시 뭐가 무서운지 말해 줄 수 있나요?"

아이는 대꾸하지 않았다.

산신 아저씨가 조용히 데이터를 살폈다. 혹시라도 학대 당하는 아이라면 현실 세계에서 먼저 도움을 받아야 했다. 아이가 쓴 사연을 들여다보았다.

공부하기는 싫고, 게임만 하고 싶은 아이를 엄마 아빠는 엄하게 훈육했다. 다행히 엄마 아빠는 술을 마시거나 감정적인 사람은 아니었다. 가정 교육을 엄격하게 시키는 부모였다. 아이는 형과 비교하는 엄마 아빠가 원망스러웠다. 자신을 이해해 줄 사람이 없는 세상이 싫어서 숨고 싶은 거였다. 자신이 쓸모없는 존재라고 느끼는 아이는 집을 나가고 싶어 했다. 원하는 게 뭔지 모르지만 세상과 떨어져 살고 싶어 했다.

"게임 캐릭터랑 같이 살아도 돼요?"

걱정과 달리 목소리가 밝았다.

"게임 캐릭터?"

"파란 딱정벌레랑 살고 싶어요."

"파란 딱정벌레?"

산신 아저씨는 어리둥절했다. 아이의 말이 잘 이해가 가지 않았다.

"파란 딱정벌레는 형의 닉네임이에요."

"아! 형도 게임을 하는군요?"

"예전에요. 나랑 게임에서 만나서 악당들을 혼내 주러 다녔는데…… 이제 형은 게임을 안 해요."

아이의 목소리에 형에 대한 아쉬움이 묻어났다.

"형은 왜 게임을 안 하나요?"

"형은 이제 그 게임이 유치하대요. 그 시간에 공부하는 게 더 재미있대요. 형이 게임에 접속 안 한 지도 2년이 넘었어요. 저는 계속 그 게임을 하는데!"

"형과 함께 게임하던 때가 그립군요?"

아이는 작게 한숨을 내쉬었다.

"파란 딱정벌레를 초대할 수 있어요?"

"네, 그럴 수 있어요."

"아, 파란 딱정벌레는 거대해요. 무시무시한 집게도 있고요. 저를 공격할 수 있으니까, 철갑 스컹크도 함께 초대해 주세요."

"아, 정말 바라는 게 그거예요? 파란 딱정벌레와 함께 살게 될 철갑 스컹크는 누구예요?"

"저예요. 제 게임 캐릭터!"

산신 아저씨가 안타까운 한숨을 내쉬었다.

"어쩌죠? 마음의 집에는 주인공이 직접 와야 해요. 게임 캐릭터가 와서 살게 되면 나중에 자기 자신이 누군지 혼란스러울 수 있으니까요. 자기 모습으로 와야지, 누구를 대신 보낼 수 없어요."

"아!"

아이가 실망스러운 목소리로 탄식을 내뱉었다.

"잘 생각해 봐요. 형의 캐릭터가 그리운 거예요? 형이랑 예전처럼 놀고 싶은 거예요?"

아이가 울먹였다.

"형은 맨날 나한테만 뭐라고 해요. 잘난 척하고 걸핏하면 약 올리고! 엄마아빠한테 일러바쳐서 나 혼나게 하고…… 형이 미워요."

"그렇군요. 파란 딱정벌레를 그리워하는 마음은 형과 잘 지냈던 그 시간들을 그리워하는 것 같은데요? 형은 예전이나 지금이나 항상 옆에 있잖아요. 지금은 예전처럼 동생과 놀아 주지 못하지만 여전히 동생이 귀여울 거예요. 동생도

어서 형처럼 현실 세계에서 열심히 살길 바라는 마음으로 형이 일부러 그러는 게 아닐까요? 형이 동생을 뭐라고 불러요?"

"똥싸개 스컹크요."

"하하하! 그래요. 형도 여전히 동생과 게임에서 놀던 때가 그립나 봐요. 해야 할 게 많아져서 예전처럼 동생과 놀 수 없지만 마음은 여전하다는 거! 잊지 마세요."

"아저씨가 어떻게 알아요. 우리 형이 나 괴롭히는 것도 모르면서!"

"아저씨가 다 아는 수가 있지요. 아저씨 말을 믿어 봐요."

아이에게는 비밀로 했지만, 신청자의 형은 아이보다 먼저 사연을 보내 왔다. 동생과 게임 속에서 놀던 때처럼 마음의 집에서 놀고 싶다고 했다. 형도 게임 캐릭터로 살 수 있냐고 물었지만 마음의 집은 게임과는 달라서 사연을 채택할 수 없었다.

"형이 게임에서 잘 싸울 때 어땠어요?"

"멋졌어요. 파란 딱정벌레는 정말 멋진 캐릭터예요. 싸움에서 이길 때면 자랑스러웠어요."

산신 아저씨가 빙그레 웃었다. 아이는 형이 동생을 위해 싸워 주던 모습이 그리웠던 것이다.

"아저씨가 분명히 말할게요. 형도 동생과 재미있게 잘 지내던 그 시간들을 그리워하고 있어요. 오늘 형에게 파란 딱정벌레가 자랑스러웠다고 말해 주세요. 그리고 꼭 안아 주세요."

아이가 코를 훌쩍이다가 결국 소리 내어 울었다. 산신 아저씨는 아이가 실컷 울도록 놔두었다.

"그럼 집을 나중에 구해도 돼요?"

"물론이죠. 시간을 두고 생각해 보세요. 정말 혼자 살고 싶은 건지, 원하는 게 뭔지 차분히 생각해 봐요. 형과 함께 살 집을 원한다면 게임에서 본 것 같은 멋진 집을 찾을 수도 있어요. 하지만 게임이 아니니까, 캐릭터가 아니라 자신의 모습으로 와야 해요."

다행히 아이는 산신 아저씨의 말을 이해했다. 다음에 다시 인터뷰하기로 하고 방송을 끝냈다.

아이는 원하는 게 따로 있었다. 게임 캐릭터처럼 멋진 존재로 현실에서 잘 살고 싶었던 것이다. 아이는 게임 캐릭터로 마음의 집에서 사는 게 답이 아니라는 것도 알고 있었다. 결국 자기다운 모습으로 현실 세계를 조금 더 적극적으로 살아 보기로 했다.

산신 아저씨는 작게 숨을 내쉬며 홀로그램 요청 사항을 수정했다.

✧

할머니의 소원

다람쥐 복덕방 사무실로 할머니가 찾아왔다. 산신 아저씨가 자리에서 일어났다.

"어서 오세요. 어르신!"

할머니가 수줍게 웃었다.

"전에 저랑 통화했던 분이신가요?"

"네, 접니다. 어르신! 앉으세요. 차 한 잔 드릴게요."

할머니는 소파에 조심스럽게 앉았다.

"고마워요. 혹시 인삼차 같은 것도 있나요?"

산신 아저씨가 고개를 끄덕였다. 접속한 날 인삼차 얘기를 했던 게 떠올랐다.

"있죠. 말씀만 하시면 다 준비됩니다."

할머니가 미소를 지으며 고개를 끄덕였다.

“고마워요!”

인삼차가 담긴 작은 항아리 모양의 찻잔에 뚜껑을 덮어 건넸다.

“조금 우려서 드시는 게 좋아요.”

“뚜껑을 덮었는데도 향기가 진하네요. 설탕도 조금 넣을 수 있을까요?”

산신 아저씨가 설탕 단지를 할머니 쪽으로 조심스럽게 밀었다. 할머니가 찻숟가락으로 설탕 두 숟가락을 넣었다. 산신 아저씨가 그 모습을 지켜보다가 물었다.

“어떻게 접속하셨어요?”

할머니가 잔을 두 손으로 받치고 인삼차를 호로록 한 모금 들이켰다.

“손녀가 하는 걸 봤어요. 노트북 뚜껑을 그냥 덮었나 봐요. 청소하려고 열었더니 연결되더라고요!”

“그러셨군요.”

할머니는 다른 신청자의 인터뷰 방송 중에 계속 화면에 이상한 기호를 올려서 다른 신청자들을 화나게 했었다. 무슨 일인가 싶어서 급하게 인터뷰를 연결했지만 아무 말이 없었다. 오류인 줄 알고 끊으려고 할 때 가늘고 구슬픈 목소리가 들렸다.

"저도 될까요?"

할머니는 그제야 방송에서 자신의 이야기를 풀어 놓았다. 커다란 한옥 집에서 대식구들과 모여 살고 싶다고 했다. 할머니의 목소리에 오랜 그리움이 묻어났다. 산신 아저씨는 집을 찾아보겠다고 약속할 수밖에 없었다. 그리고 오늘이 바로 할머니와 약속한 날이다.

할머니는 연신 고맙다는 인사를 건넸다.

"아이의 마음만 접속하는 줄 알았는데, 늙은이의 마음도 하늘에 닿나 봐요!"

"아이의 마음이나 할머니의 마음이나 모두 같아요."

할머니는 미소를 지으며 인삼차를 마저 마신 뒤 온기가 남아 있는 빈 찻잔을 한참 동안 손으로 감싸고 있었다.

"그런데, 이 찻잔! 예전에 제가 쓰던 찻잔 같아요."

"이제야 알아보시네요. 할머니의 마음을 데이터로 옮기면서 읽었어요."

"고마워요. 아끼던 찻잔을 다시 만나게 해줘서! 이제 출발하면 되나요?"

"네, 천천히 생각 정리하고 나오시면 됩니다. 제가 먼저 나가 마을 길목에서 기다리고 있을게요."

할머니는 두 손을 무릎 위에 얹고 기도하듯 조용히 눈을 감고 원하는 집에서 원하는 사람들과 지내는 모습을 다시 한 번 떠올렸다. 산신 아저씨는 통로를 지나 숲속 길에서 할머니를 기다렸다.

할머니는 그새 고운 한복에 조금 젊은 모습으로 바뀌어 있었다.

"정말 고우세요."

"고마워요."

할머니는 수줍은 미소로 산신 아저씨와 동행했다.

"조금 걸어야 해요. 워낙 큰 집이라 숲속 끝 쪽에 마련했거든요. 1203호입니다."

"네, 저는 다리가 튼튼해서 잘 걸을 수 있어요."

할머니는 젊은 사람처럼 힘차게 걸었다.

달이 환하게 빛나는 날이었다. 할머니의 머리 위로 푸른 달빛이 쏟아졌다. 검은 머리가 한껏 생기 있게 반짝였다. 할머니와 나란히 숲길을 걷다 보니, 한평생 힘겹게 살아온 할머니의 인생이 말을 걸어오는 듯 아련한 슬픔이 전해져 왔다.

새소리와 냇물 소리가 들리는 숲길이 점점 옛길처럼 변했다. 얼마간 걷다 보니, 달빛 아래 커다란 대문 집이 나타났다. 다른 통나무집과 달리 전통 한옥이었다. 대문을 열자 '끼익' 소리와 함께 사람들이 반갑게 달려왔다. 할머니는 사람들의 손을 잡고 일일이 인사를 나눴다.

으리으리하게 넓은 집 마당에 큰 평상이 펼쳐져 있고, 뒤집힌 솥뚜껑 위로 전과 고기가 지글지글 맛있게 구워지고 있었다. 할머니는 소매를 걷어붙이고 음식 간을 보다가 양념을 더해 사람들 입에 넣어 줬다. 사람들이 눈을 동그랗게 뜨고 엄지손가락을 치켜세웠다. '역시 음식 솜씨 최고'라는 칭찬이 쏟아졌다. 할머니는 연신 웃음을 터뜨리며 사람들과 얘기를 주고받다가 한참 뒤에야 산신 아저씨를 돌아봤다.

"아이고, 오래 기다리셨죠. 미안합니다. 모처럼 사람들을 만나니 정신이 없네요."

"오늘은 무슨 날인가요?"

"집을 새로 지어서 잔치를 벌이는 중이에요. 친지들과 동네 사람들이 와서 축하도 해 주네요. 저는 대종손 집의 큰며느리였어요. 그때는 힘들고 지치는 자리였는데, 이상하게 사람들이 모여 왁자지껄하던 때가 그리웠어요. 한 고개 한 고개 힘겹게 넘어 온 세월이었는데! 아들네, 딸네 가족들 모두 바쁘게 사느라 연락이 없고, 발길도 끊겼어요. 영감도 불쌍하게 세상을 떠나고 저 혼자 지냈답니다. 그래서 보고 싶

었어요. 나만 바라보며 눈을 땡글땡글 굴리던 녀석들, 고단해도 그놈들 얼굴을 보면 힘이 났죠. 세상 떠난 친척들과 이제 다 늙어서 얼굴도 알아볼 수 없고, 소식조차 모르고 사는 이들, 곧 저 세상에서 만날 사람들이지만 떠나기 전에 보고 싶었어요. 예전처럼 웃고 떠들면서 동네 떠나갈 정도로 크게 노래 부르며 살던 때가 그리웠어요."

산신 아저씨가 의아한 표정을 지었다.

"할머니! 손녀와 함께 사신다고 하셨잖아요? 노트북 청소하다가 접속하셨다고?"

할머니는 조용히 눈웃음을 지었다.

"사실 누군가 버린 노트북을 우연히 주워서 켰던 거예요. 제가 폐지를 모으거든요. 길에 버려져 있기에 고물상에 팔려고 가져와 본 건데 목소리가 들리더라고요."

산신 아저씨가 고개를 끄덕였다.

"그러셨군요."

"미안해요. 제가 사는 처지를 말하기 부끄러워 둘러댄 건데, 거짓말을 했네요."

할머니의 눈꺼풀이 파르르 떨렸다. 산신 아저씨가 할머니 손을 꼭 잡았다.

"괜찮습니다. 어차피 어르신에게 주어진 기회였어요.

이 집은 이제 어르신의 집이니 마음 편히 즐기세요."

"고맙습니다."

누군가 할머니를 불렀다. 어서 오라는 손짓에 할머니가 반달눈으로 미소 지었다.

"행복하네요. 누구도 찾지 않는 외톨이를 이렇게 부르다니! 저를 찾는 이가 많았던 시절이 그리웠어요. 얘기하신 것처럼 마음껏 즐기고 싶어요. 잠깐이라도 이 늙은이가 힘내서 살던 때에 머물다가 가고 싶어요. 잠깐이면 돼요. 잠깐! 오래 머물 필요도 없으니까요. 도토리나무가 뒤뜰에 많더군요. 미리 말씀해 주신 대로 도토리 집세는 잘 치를게요. 저는 숲에서 오랜 시간을 잘 보낼 수 있거든요."

할머니의 미소에 산신 아저씨가 고개를 끄덕였다.

"네, 어르신, 오래도록 행복하게 지내시면 됩니다."

할머니는 산신 아저씨의 어깨를 잠시 토닥이다가 사람들에게 뛰어가 덩실덩실 춤을 추었다. 음식도 함께 나누어 먹으며 왁자지껄 떠드는 모습이 행복해 보였다.

지구별에 가고 싶어

철컥이한테 연락이 왔다. 얼마 전 산신 아저씨가 화질 좋은 영상통화를 할 수 있는 특수 카메라를 수정별에 보냈다.

"화질이 좋군? 마치 지구별에 있는 것처럼 생생해!"

"지구별이 많이 그리우시죠?"

금비 할아버지가 고개를 끄덕였다. 철컥이는 금비 할아버지 품에 편안하게 안겨 있었다. 둘 사이가 예전보다 더 가까워 보였다.

"영감님, 몸은 어떠세요?"

"자네가 보내 준 산삼 먹고 기운 차렸어. 택배가 금방 오던데?"

"다행입니다. 깁스는 언제 푸나요?"

"곧 풀겠지! 그나저나 수정별 주인이 사무실을 비우라고 난리야. 월세를 더 올려 받겠대. 요새 수정별이 인기가 있다고 배짱을 부리네! 당장 돈을 내지 않으면 쫓아내겠다고 협박해서 내가 큰 소리로 야단 좀 쳤어. 의리가 없어도 너무 없잖아."

"영감님만 곤란하게 만들었네요. 제가 잘 처리해 볼게요."

"다른 별을 알아봐야 할까?"

산신 아저씨가 망설이다가 조심스럽게 말을 꺼냈다.

"영감님, 혹시 지구별에서 살면 어떨까요? 수정별 정리하고요."

금비 할아버지가 고개를 절레절레 흔들었다.

"그럴 수는 없지!"

"손자가 보고 싶다고 하셨잖아요."

"그렇긴 하지만 손자도 이제 어른이 되었어. 나를 알아보지 못할 거야. 진작 저세상으로 갔다고 생각하겠지! 나한테는 여기가 익숙해. 정도 들었고."

"영감님, 제 일을 도우며 손자도 찾아보시면 어떨까요? 이곳에 있으면 손자 소식을 더 쉽게 들을 수도 있겠죠."

금비 할아버지가 한숨을 내쉬었다. 철컥이가 끙끙거리며 금비 할아버지 얼굴을 바라봤다.

"요 녀석, 너도 지구별에 가고 싶냐?"

"껑껑!"

산신 아저씨가 피식 웃었다. 가고 싶다는 메시지가 통신기로 전달되었다.

"고민해 보자고! 오늘은 이만!"

산신 아저씨는 금비 할아버지와 또 통화하자는 말을 남기며 통신기를 껐다.

✧

히말라야로 떠나는 길

숲속마을에 눈이 내렸다. 크리스마스가 있는 12월에는 눈을 기다리는 마음들이 모여 유난히 많은 눈이 내렸다.

다람쥐 복덕방 사무실로 눈을 털고 들어오는 중년 남자가 있었다.

산신 아저씨가 자리에서 일어났다.

"어서 오세요. 이리 앉으세요. 차 한 잔 드릴까요?"

중년 남자가 소파에 앉으며 미소를 지었다.

"감사합니다. 혹시 우유 탄 홍차 있습니까?"

"다르질링에서 온 홍차로 드릴게요."

"흔하지 않은 차인데, 준비해 주셨군요."

산신 아저씨가 홍차를 끓인 뒤 우유를 부어 건넸다.

차를 한 모금 마신 아저씨의 입꼬리가 살짝 올라갔다.

"다르질링 홍차가 맞네요. 우리 딸이 좋아하던!"

"다르질링은 차 재배지로 유명하죠. 신비롭다는 히말라야와 가까워서 그런지 차 맛도 좋아요."

산신 아저씨가 중년 남자를 가만히 바라봤다. 바짝 마른 몸에 피부는 거칠었지만 눈빛은 선량해 보였다.

"제가 청소 일을 합니다. 오랫동안 여행이라는 걸 해본 적이 없습니다."

산신 아저씨가 고개를 끄덕이다가 조심스럽게 물었다.

"마음의 집은 어떻게 결정하셨나요? 여행지 같은 집을 원하셨죠?"

중년 남자가 쑥스럽게 웃으며 고개를 끄덕였다.

"네, 마음은 그런데요. 그게 가능할지 모르겠어요. 딸이가 봤던 다르질링처럼 집을 꾸밀 수 있을까요? 겨울에는 멋진 설산이 펼쳐지고, 봄에는 들꽃이 활짝 피는 곳이죠. 작은 화단이 있는 통나무집인데, 우리 딸이랑 예쁜 꽃도 많이 심으면서 살고 싶어요."

산신 아저씨가 미리 찾아 둔 집을 홀로그램으로 살펴보았다.

"작은 언덕 근처에 산장 분위기의 집이 있어요. 눈이 내리면 작은 산들이 히말라야처럼 보이기도 하거든요. 봄에는 봄꽃이 흐드러지게 피고요. 물론 현실의 히말라야에서 느끼는 생동감은 없지만요."

"우리 딸은 자유를 꿈꿨어요. 인도 배낭여행에서 인생을 어떻게 살아야 할지 배웠다고 했죠. 저한테 히말라야에 같이 가자고 했어요. 히말라야를 돌고 다르질링에서 쉬자고 했죠. 다르질링은 여행자들에게 위안을 주는 천국 같은 곳이랬어요. 마지막 여행지에서 보내 온 엽서에 히말라야가 있었어요. 다르질링에서 히말라야를 보려면 행운이 있어야 한대요. 딸은 다르질링을 유난히 좋아했어요. 뒤에 차밭이 있고 마당에 꽃이 많이 핀 집을 부러워했죠. 나중에 그런 사진 속 집 같은 곳에서 살고 싶다고 했죠."

"아내 분은 마음의 집에 초대 안 하실 건가요?"

"아내는 딸만 남기고 먼저 세상을 떠났어요. 자기가 낳은 아기 얼굴도 못 보았죠. 뭐가 그리 급했는지 혼자 서둘러 갔어요. 우리 예쁜 딸은 엄마 얼굴도 모르고 컸어요. 신혼 때 집에 불이 나서 그나마 있던 아내 사진이랑 책이 다 타 버렸어요. 아내가 시인이 되고 싶다고 했는데, 써 놓은 시들까지 다 탔죠. 감사하게도 딸이 그 재능을 물려받았다 싶었는

데! 심장 안 좋은 것까지 닮을 줄이야! 어린 시절 심장 수술을 하고, 별 탈 없이 크나 싶었는데…… 예쁜 나이에 녀석이 떠났어요. 엄마를 뭐 그리 빨리 만나러 갔는지……. 모녀가 다 성격도 급하죠. 저만 남겨 두고 둘이 여행을 떠났으니 말이에요. 함께 여행 한 번 못 가고 모두 떠나보내니 내내 마음에 남네요. 그래도 우리 딸은 인도 여행을 다녀왔으니 잘 떠났겠죠? 인도를 다녀온 사람들은 영혼의 평화를 얻는다고 하더군요. 갠지스 강을 따라 여행하듯 좋은 곳으로 갔으리라 믿고 싶어요."

중년 남자가 생각에 잠기듯 잠시 눈을 감았다.

산신 아저씨가 가만히 고개를 끄덕였다.

"그럴 거예요. 말씀을 다 듣고 나니 떠오른 생각이 있어요."

"뭔데요?"

중년 남자가 자세를 고쳐 앉으며 산신 아저씨를 바라봤다.

"마음의 집에서 따님과 사시기 전에, 히말라야가 있는 다르질링을 직접 가 보시면 어떨까요. 아무리 비슷하게 만들어도 현실 세계에 있는 히말라야와 다르질링을 따라갈 수는 없어요. 그곳은 사라져서 못 가는 곳도 아니니 말이에요. 지금도 얼마든지 갈 수 있는 곳이니 직접 가 보세요. 따님의 발자취를 따라가다 보면 가슴 깊은 곳에서 따님을 만나실 수 있을 겁니다. 마음속에 여전히 살고 있는 아내 분도 함께요. 현실에서는 따님과 함께 가지 못했지만 가슴속에 품은 따님과 여행길 친구가 되는 거죠."

중년 남자가 한참 동안 생각에 잠겨 있다가 자리에서 일어났다.

"그렇겠네요. 제가 깨달을 게 그곳에 있겠군요."

산신 아저씨가 흐뭇한 미소를 건넸다.

"아내 분이나 따님과는 항상 마음으로 연결되어 있습니다. 떠올리기만 하면 그 따뜻한 기운을 느끼실 수 있을 거예요. 현실의 세계도 마음의 세계와 다르지 않으니까요."

중년 남자가 눈물을 글썽이며 산신 아저씨에게 깊이 고개 숙여 인사했다.

"감사합니다. 홀로 고달프게 사는 인생이지만, 먼 훗날 딸과 아내를 만나면 멋진 인생을 살았노라고 말하고 싶습니다. 여행길 이야기도 들려주고 싶고요. 이 길에서 그 답을 찾을 수 있을까요?"

산신 아저씨가 중년 남자를 꼭 안아 주었다.

"이미 답을 얻으신 것 같네요."

중년 남자가 다람쥐 복덕방 문을 나섰다. 산신 아저씨는 가만히 눈을 감았다. 사는 게 여전히 버거울 테지만, 히말라야를 거쳐 다르질링에 도착할 무렵이면 중년 남자는 알게 될 것이다. 아내와 꿈꿨던 행복이 무엇이었는지, 딸이 꿈꾸던 자유가 무엇이었는지! 지금 자신에게 가장 소중한 것이 무엇인지…….

믿기지 않는 행복

'쾅쾅쾅!'

누군가 문을 요란하게 두드렸다. 산신 아저씨가 놀란 눈으로 벌떡 일어났다.

'쾅쾅쾅!'

천천히 문 앞으로 다가가 밖을 살폈다.

'쾅쾅쾅!'

"누, 누구세요."

한참 동안 침묵이 흐른 뒤 낮게 속삭이는 목소리가 들렸다.

"문 좀 열어 주게!"

산신 아저씨는 침을 꼴깍 삼켰다.

"누구신데요?"

'쾅쾅쾅!'

그동안 찾아오는 사람이 없어서 인터폰을 사용한 적이 없었다. 산신 아저씨는 가만히 인터폰을 눌렀다.

"앗!"

화면에 보고도 믿기지 않는 얼굴이 떠 있었다.

"영상 통화가 잘못 연결된 건가?"

멍해진 눈으로 인터폰을 바라보던 산신 아저씨가 홀린 듯 문을 열었다.

금비 할아버지가 철컥이를 안고 벽에 기대 있었다.

"영, 영감, 님!"

"내가 왔잖아~!"

장난기 가득한 목소리였다. 산신 아저씨는 눈앞에 펼쳐진 광경에 입이 다물어지지 않았다.

"영감님이 어떻게?"

"말하자면 길어. 나 좀 들어가도 되지?"

금비 할아버지가 여행 가방을 밀며 집 안으로 들어왔다.

"오! 집 좋구먼!"

품에 안은 철컥이를 바닥에 내려놓자 철컥이는 신나게 꼬리를 흔들며 돌아다녔다.

산신 아저씨는 한참 동안 눈을 껌뻑였다.

“내가 아직도 꿈을 꾸고 있나? 수정별을 그리워하다가 잠들어서 그런가!”

“꿈 아니야. 정신 차려!”

산신 아저씨가 여전히 눈만 깜빡이고 있자, 금비 할아버지가 소파에 몸을 던졌다.

철컥이가 산신 아저씨의 발을 톡톡 치자, 산신 아저씨는 정신이 번쩍 든 듯 철컥이를 얼싸안고 펄쩍 뛰었다.

“이게 무슨 일이야? 너, 정말 철컥이 맞니? 영감님도 정말 오신 거예요?”

철컥이가 꼬리를 흔들며 ‘켕’ 하고 작은 소리를 냈다.

산신 아저씨가 걱정스럽게 물었다.

“철컥이 목소리가 이상하네? 어디 아파?”

철컥이가 눈꼬리를 내리고 금비 할아버지를 바라봤다.

“철컥이는 당분간 짖지 않기로 했네! 지구별에서 잘못 짖다가 쫓겨날지도 모른다며 조언자가 설정을 바꾸면 어떻겠냐고 했어. 그 말을 듣고 철컥이가 스스로 침묵 모드로 바꿨어!”

“이런 기특한 녀석!”

산신 아저씨가 철컥이를 품에 꼭 끌어안고 금비 할아버

지를 바라봤다.

금비 할아버지의 표정에서 걱정이 스쳤다.

"영감님, 건강은 괜찮으신 거죠? 혹시 무슨 일 있어요? 여긴 어떻게 오셨어요? 수정별 사무실은 어떻게 하시고요?"

숨이 넘어갈 듯 여러 가지를 한꺼번에 묻는 산신 아저씨를 금비 할아버지는 조금 심각한 얼굴로 바라보았다.

"자네랑 의논할 게 있어."

"표정이 왜 어두우세요. 무슨 일 있어요?"

"사실 자네에게도 비밀로 하고 알아봐야 할 게 있었네!"

"비밀이요?"

산신 아저씨는 철컥이 얼굴을 바라봤다. 철컥이가 고개를 갸우뚱거렸다.

"산타 대장이 급하게 내게 연락을 했어. 손자 놈이 보이지 않는다고! 그동안에 산타 대장이 내 손자를 관찰했다고 하더군. 결혼해서 아이까지 낳은 것까지 내게 살짝 알려 줬지! 잘 살고 있다고만 생각했는데, 최근에 소식이 끊겼다는 거야."

산신 아저씨가 멍한 표정으로 물었다.

"소식이 끊겼다는 게 무슨 말인가요?"

"가정이라는 울타리를 벗어나면 신호가 잡히지 않는다

는군."

"그럼 영감님 손자가 머무는 집이 없다는 말이군요? 빨리 찾아봐야겠네요."

산신 아저씨가 금비 할아버지의 손을 잡았다.

"그래 줄 수 있겠나?"

"걱정 마세요. 금방 찾을 수 있을 거예요."

금비 할아버지가 눈물을 글썽이며 고개를 끄덕였다.

"고맙네!"

산신 아저씨는 금비 할아버지와 철컥이와 함께 살게 된 게 믿기지 않았다. 이런 행복이 올 줄 몰랐다.

산신 아저씨가 금비 할아버지를 덥석 껴안았다.

"보고 싶었어요, 영감님! 철컥이와 같이 잘 살아 봐요. 그동안 수정별을 지키느라 애쓰셨어요."

"고맙네!"

금비 할아버지는 감격에 겨운 표정이었다.

✧

할아버지와 코코아

찬바람이 부는 겨울이 되면 숲속 마을은 겨울 준비로 바빴다. 집집마다 벽난로에 들어갈 땔감을 집 앞에 쌓아 놓고, 겨울용 목도리와 털모자도 떴다.

금비 할아버지도 낡은 난로를 사무실에 설치하느라 바빴다.

"뜨거운 차는 난로 위에서 끓여야 제 맛이지!"

"그렇죠! 그래야 더 맛있죠."

오늘따라 산신 아저씨는 들떠 있었다. 콧노래를 부르며 옷매무새를 가다듬고 머리까지 매만졌다. 문을 활짝 열고 고개를 내민 채 이리저리 밖을 살피기도 했다.

밖에는 함박눈이 펑펑 쏟아지고 있었다. 금비 할아버지

가 난로에 불씨를 살리고 아까부터 문 밖에서 서성이고 있는 산신 아저씨를 돌아봤다.

"무슨 손님이 오시는데 저리 신경 쓰나?"

멀리 눈발을 헤치면서 다람쥐 복덕방 쪽으로 걸어오는 남자가 있었다.

산신 아저씨와 남자는 서로 인사를 나누며 사무실로 천천히 걸어왔다. 금비 할아버지가 말없이 두 사람을 지켜봤다.

서글서글하게 웃는 인상이 어쩐지 낯이 익었다.

멍하니 서 있는 금비 할아버지에게 산신 아저씨가 눈을 찡긋하며 속삭였다.

"손님한테 차 좀 내주시겠어요?"

금비 할아버지가 그제야 정신이 난 듯 고개를 끄덕였다.

"아! 어서 오세요. 이리 앉으세요."

금비 할아버지가 안내한 자리에 남자가 조용히 웃으며 앉았다.

"감사합니다."

남자는 다람쥐 복덕방 안팎을 신기한 듯 둘러보았다.

"드디어 와 보게 되네요."

산신 아저씨가 미안한 표정으로 고개를 숙였다.

"죄송합니다. 신청한 분들이 많아서요. 모두에게 집을

구해 드리기가 힘들었답니다."

남자는 손사래를 쳤다.

"아니에요. 괜찮습니다. 어린아이들만 올 수 있는 줄 알았거든요!"

"할아버지가 따뜻한 코코아를 타서 남자에게 건넸다.

"간절한 마음만 있으면 어른이 되어도 올 수 있답니다. 드세요. 따뜻한 코코아예요."

"아? 코코아요? 제가 어릴 때 좋아하던 코코아 향이 나네요."

금비 할아버지가 눈꼬리를 내리며 남자를 지그시 바라봤다. 남자는 코코아를 한 모금 마시더니 희미하게 웃었다.

"정말! 할아버지가 타 주시던 코코아 맛이에요. 이런 코코아를 어디에서도 맛볼 수 없었는데, 어떻게 타신 거예요?"

금비 할아버지가 벙글거리며 웃었다.

산신 아저씨가 금비 할아버지에게 말했다.

"손님께 비법 좀 공개해 주세요."

금비 할아버지가 침을 꼴깍 삼켰다.

"예전에 고물상을 다닐 때였어요. 그 앞에 낡은 자판기가 있었죠. 고물을 가져다주고 돈 몇 푼 손에 넣는 건데, 가끔은 자판기용 코코아 가루랑 우유 가루로 달라고 했죠. 아이들에게 좋을 리 없는 싸구려였지만, 두 개를 적당히 섞으면 손자 놈이 좋아하는 코코아가 됐어요."

남자가 무릎을 탁 쳤다.

"그거였군요. 자판기! 아무리 비싼 코코아를 마셔 봐도 그 맛이 안 나더라고요. 자판기에서 커피를 뽑아 마시긴 했지만, 코코아나 우유를 뽑아 먹진 않았거든요."

"두 개를 적당히 섞는 게 비결이죠!"

"아, 그게 비결이었군요. 하하하! 할아버지는 참 다정하고 인상도 좋으시네요. 어디서 뵌 분 같아요."

금비 할아버지가 산신 아저씨를 돌아보며 남자에게 물었다.

"그, 그래요? 어디서 본 것 같나요? 익숙한 느낌이 있나요?"

"그냥 친근하게 느껴져요. 이웃집 할아버지처럼요."

금비 할아버지가 조금 실망한 눈빛으로 고개를 숙였다.

"사실 저희 할아버지도 고물을 파셨어요. 어릴 때 아주 가난했거든요. 지하방에서 고물을 주워서 어린 저를 키우셨어요. 낡은 고철로 로봇도 만들어 주셨는데, 크리스마스 때 강아지 로봇을 만들어 주신 기억이 나요. 제게는 평생 잊을 수 없는 선물이었죠."

"돈이 많았다면 고급 우유에 질 좋은 코코아를 타 줬을 텐데…… 참 미안했지!"

남자가 흠칫 놀라 금비 할아버지를 바라봤다. 금비 할아버지는 금방 울 것 같은 표정이었다. 산신 아저씨가 당황하며 수습에 나섰다.

"아, 손자 같아서 그러셨나 봐요. 손님의 할아버지께서도 미안한 마음이 있으실 거라고 생각하셨나 봐요. 원래 할아버지, 할머니 들은 모든 손자 손녀를 사랑하시잖아요."

금비 할아버지가 얼른 등을 돌려 눈물을 훔쳤다.

"아, 미안합니다. 저도 모르게 손자 놈 생각이 나서 그만!"

남자 눈에도 눈물이 고였다.

"아니에요. 방금 저희 할아버지 같아서 좋았어요. 지금은 얼굴도 기억나지 않지만, 저희 할아버지도 저를 참 많이 아끼셨던 것 같아요. 그때는 이다음에 크면 할아버지랑 근사한 집에서 맛있는 것도 먹고 여행도 다닐 거라고 생각했는데, 할아버지가 어느 날 사라져서 그럴 기회도 없었어요. 그런데 이상하게 할아버지 얼굴이 생각나지 않아요."

금비 할아버지가 손으로 남자의 등을 가만히 쓸었다.

다람쥐복덕방
집

"어릴 적 기억을 떠올릴 수 있는 사람은 많지 않아요. 중요한 건 할아버지는 늘 손자 곁을 떠나지 않으셨을 거란 거죠. 아마 이렇게 어른이 된 모습을 보면 흐뭇해하실 겁니다."

남자가 고개를 끄덕이며 아련한 눈빛으로 코코아 잔을 바라보았다.

"그런가 봐요. 제 마음이 늘 따뜻했던 걸 보면!"

남자가 코코아를 다 마시고 빈 컵을 테이블 위에 올려놨다.

"감사합니다. 정말 맛있게 마셨습니다. 저희 할아버지가 타 주신 코코아 같았어요."

"맛있게 마셔 줘서 저도 고마워요."

"그런데 할아버지 손자 분은 어디에 계세요?"

금비 할아버지는 빈 컵을 치우다 말고 문밖을 바라보았다.

"눈이 많이 오는군요. 마당을 쓸어야겠어요."

금비 할아버지는 황급히 빗자루를 들고 밖으로 나갔다. 남자는 일어나 고개를 숙였다.

"감사했습니다."

산신 아저씨가 낮게 가라앉은 목소리로 말했다.

"손자가 많이 보고 싶으신가 봐요. 떨어져서 사시거든

요.”

“아, 제가 괜한 걸 물어봤네요.”

“아닙니다. 늘 손자를 그리워하세요.”

남자는 안타깝다는 표정으로 금비 할아버지가 나간 문을 바라보았다.

남자는 마음의 집을 아직 구체적으로 구상하지 못했다며 다음에 다시 오기로 하고 떠났다.

산신 아저씨는 금비 할아버지를 찾으러 밖으로 나갔다. 금비 할아버지는 눈을 맞으며 남자의 뒷모습을 지켜보고 있었다. 산신 아저씨가 다가가 금비 할아버지 등을 감쌌다. 눈이 내려 두 사람이 눈사람이 될 때까지 한참을 그렇게 있었다.

✧

크리스마스가 있는 집

코코아를 좋아했던 남자가 다시 다람쥐 복덕방을 찾아왔다. 산신 아저씨는 문밖으로 고개를 내밀고 금비 할아버지를 찾았지만 보이지 않았다.

산신 아저씨가 홀로그램을 펼쳤다.

"이 집 어때요? 나무 위까지 연결된 2층 통나무집입니다."

"멋지네요."

"아래층으로 내려갈 때 도르래를 타고 가는 거 맞지요? 할아버지랑 같이 사는 것도 맞고요?"

"네, 맞아요. 부엌과 연결된 작은 텃밭도 필요해요. 채소를 직접 키워서 요리하면 좋을 것 같거든요. 할아버지랑 도넛도 만들고 싶네요. 아, 크리스마스트리는 언제 세우나요?"

"곧 세워집니다. 아직 홀로그램 작업이 안 끝났어요."

"안쪽에 벽난로 있는 거 맞죠? 크리스마스 양말이랑 카드도 걸 수 있게 고리가 있어야 해요."

"네, 염려 마세요. 진행 중입니다."

금비 할아버지가 사무실로 들어섰다. 한쪽 구석에 청소도구를 가지런히 놓고 나서 금비 할아버지는 남자와 홀로그램 집을 번갈아 보았다.

"크리스마스 집을 짓는 거예요? 할아버지랑 살 거예요? 왜요? 아내랑 자식이랑 가족을 불러서 함께 살면 좋을 텐데요."

남자가 자리에서 일어나 꾸벅 인사하며 미소를 지었다.

"어린 시절 할아버지랑 보냈던 크리스마스가 떠올라서요."

"할아버지 얼굴도 기억 안 난다면서, 어떻게 하려고요?"

"이상하네요. 할아버지 얼굴은 잘 기억나지 않지만 기억나는 장면이 있어요. 크리스마스 때 내복만 입고 텔레비전 앞에서 크리스마스 특선 만화 영화를 봤어요. 작은 동물들이 춤을 추면서 크리스마스 파티를 열었죠. 근사하고 예쁜 트리와 따뜻해 보이는 벽난로! 도넛을 코코아에 찍어먹고 초코 케이크를 손에 다 묻히며 먹던 장면, 먹음직스런 요리들이 테이블 위에 가득했죠. 침을 삼키며 봤던 만화 영화였어요. 부러웠어요. 만화 영화 속으로 들어가고 싶을 정도로! 크리스마스 때마다 텔레비전에서 그 만화 영화를 상영했는데, 그때마다 할아버지와 보냈던 크리스마스 기억들이 떠올랐어요."

"즐거운 크리스마스를 늙은 할아버지와 단둘이 보냈다니 외롭고 쓸쓸했겠네요."

측은하다는 듯 말하는 금비 할아버지를 남자는 환한 미소를 지으며 바라보았다.

"아닙니다."

"아니라고요?"

금비 할아버지와 산신 아저씨가 놀란 눈으로 마주 보았다.

남자는 문밖으로 시선을 보내며 마치 아련한 추억을 떠올리듯 느리게 말을 이어갔다.

"크리스마스 때 할아버지는 그동안 모으셨던 돈으로 성당에서 파는 초코 케이크를 사주셨어요. 장난감도 만들어주셨고요. 전 그걸로 충분했어요. 할아버지와 단둘이 보내는 조촐한 크리스마스였지만, 행복했죠. 할아버지가 곁에 있는 것만으로도 좋았어요. 제가 크면 할아버지와 근사한 크리스마스 파티를 열어서 가족, 친구, 이웃들을 다 초대하기로 했는데, 어느 날 갑자기 할아버지가 사라져 약속은 지키지 못했어요."

금비 할아버지가 남자 옆에 바짝 앉았다.

"할아버지가 원망스럽나요?"

"그때는 말도 없이 사라진 할아버지를 원망했지만, 지금은 그저 그리울 뿐이에요."

금비 할아버지에게는 손자를 두고 지구별을 떠나올 수밖에 없는 사정이 있었지만 말할 수 없었다.

"할아버지가 기뻐하실 거예요. 이렇게 자신을 기억해 주고 그리워하는 걸 알면!"

금비 할아버지가 환한 미소를 지으며 고개를 끄덕였다.

남자가 쑥스럽게 웃었다.

"그래서 부탁드리고 싶은데요. 저와 함께 살 할아버지의 모습을 복덕방 할아버지 모습으로 해도 될까요? 전에 제 등을 쓰다듬어 주셨을 때 정말 우리 할아버지 같았거든요."

금비 할아버지가 두 손을 입가로 가져가며 감격스럽게 웃었다.

"정말이요? 저야 좋지요. 손자 같아서 그러는데, 한번

안아 봐도 될까요?"

금비 할아버지가 천천히 다가가 남자를 안으며 등을 토닥였다. 남자도 금비 할아버지를 살포시 안았다. 둘은 그렇게 한참을 있었다. 산신 아저씨는 흐뭇한 미소로 두 사람을 바라보다가 홀로그램 요청 사항을 정리했다.

집이 완성되었다. 남자가 통로를 지나 숲속 마을로 들어섰다. 남자는 이내 어린아이 모습으로 변했다. 금비 할아버지의 손자 모습이었다. 금비 할아버지가 한껏 팔을 벌려 손자를 반겼다. 커다란 크리스마스트리가 창문 옆에서 아름답게 빛나고 있었다. 식탁 위에는 먹음직스럽고 달콤한 음식들이 놓여 있었고, 벽난로 옆에는 알록달록 색깔을 두른 양말들과 예쁜 카드들이 걸려 있었다. 아이가 팔짝 뛰며 카드 하나를 꺼내 읽었다.

"할아버지! 엄마 아빠가 외국에서 보낸 카드예요. 크리스마스에 오실 거래요."

손자는 엄마 아빠가 외국에 있다고 믿고 싶어 했다. 그 믿음이 고스란히 마음의 집에 담겼다. 산신 아저씨는 인터뷰 때 엄마 아빠와 함께 살지 않겠냐고 물었다. 그때 손자는 말했었다.

"기억도 안 나는 분들이에요. 추억도 없죠. 할아버지와 지냈던 날들이 제게는 간직하고 싶은 추억입니다."

손자와 크리스마스를 준비하는 금비 할아버지는 즐거워하며 손자에게 줄 선물도 마련했다.

"선물 상자를 열어 보렴."

신나는 표정으로 손자가 선물 박스를 열었다. 번쩍번쩍 빛나는 로봇 강아지였다. 실은 철컥이에게 심어진 모터가 바로 어린 시절 손자에게 만들어 준 로봇 강아지였다! 그 강아지를 되살려 낸 것이었다.

"할아버지가 만든 로봇 강아지, 참 멋있어요."

"컹컹!"

로봇 강아지도 신이 난 듯 방 안을 뱅글뱅글 돌았다. 그날 손자는 통나무집에서 신나는 크리스마스를 보냈다. 금비 할아버지에게도 잊지 못할 행복한 크리스마스였다.

✧

귀한 선물

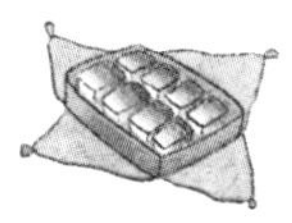

며칠 뒤 상자 하나가 다람쥐 복덕방으로 배달되었다. 떡국별에서 온 택배였다. 금비 할아버지는 택배 상자를 조심스럽게 뜯었다. 고운 비단 보자기에 떡이 싸여 있었다. 알록달록한 무지갯빛 떡이었다.

"참 정성스럽네!"

며칠 전 금비 할아버지는 떡국별 할머니와 영상 통화를 했다. 힘과 용기를 주는 떡에 대해 얘기하던 중 떡국별 할머니가 비법서를 보내 주기로 했다.

떡 밑에 깔린 비법서는 낡은 수첩이었다. 겉장에 '먹는 이에게 힘과 용기를 주는 무지개떡'이라고 쓰여 있었다. 안을 살펴보니, 한지에 깨알 같은 글자가 빼곡히 적혀 있었다.

'떡을 빚는 동안 떡 먹을 사람의 꿈과 희망을 떠올리십시오 간절한 바람이 이루어질 수 있도록 기도하는 마음으로 빚어야 합니다. 마지막으로 시련을 딛고 용기를 낼 수 있도록 지혜가 담긴 도토리 가루를 뿌리세요.'

아래에 작은 글씨로 이런 문구도 쓰여 있었다.

'떡국 할머니 집안 대대로 내려오는 귀한 책이니 잘 간직하시오.'

산신 아저씨가 어깨너머로 비법서를 건너다봤다.

"귀한 비법서네요? 잘 간직하셔야겠어요."

금비 할아버지가 비법서를 한참 동안 들여다보다가 미소를 지었다. 오래전 누군가 고물상자에 버렸던 그 수첩 같아서였다.

다시 만난 인연

금비 할아버지 손자는 그동안 많은 고생을 하며 살았다. 잠시 행복했던 시절도 있었지만, 직장에서 쫓겨난 뒤 가정도 파괴되었다. 살아갈 희망을 잃은 손자는 노숙자로 떠돌았다.

어느 날 문득 햇빛에 비친 2층 집 창문을 보다가 떠오른 기억 한 장면이 다람쥐 복덕방으로 이끌었다. 가난했지만 희망을 잃지 않았던 어린 시절, 할아버지는 동네 어귀에 있는 부잣집을 보며 언젠가 우리 손자도 저런 근사한 집에서 살게 될 거라고 말하며 행복한 미소를 지었다. 할아버지의 얼굴은 기억나지 않았지만 햇살이 드리워진 2층 집과 할아버지의 웃음은 기억에서 사라지지 않았다.

다람쥐 복덕방에 다녀온 후 손자는 가슴속에서 희망이 솟아났다. 더는 노숙자로 지내지 않아야겠다는 생각이 들었고 할 일을 찾고 싶었다.

처음 머릿속에 떠오른 것은 낡은 방앗간이었다.

소도시에 있는 작은 방앗간에서 한 할아버지가 놀란 눈으로 금비 할아버지의 손자를 반겼다. 방앗간 할아버지는 예전에 금비 할아버지에게 도움을 받은 옛 친구였다. 며칠 사이 여러 차례 금비 할아버지가 꿈에 나타나 손자를 부탁한다고 해서 이상하다고 여겼는데 진짜로 눈앞에 금비 할아버지의 손자가 나타날 줄이야!

방앗간 할아버지는 금비 할아버지 손자의 손을 덥석 잡고 말했다.

"왔구나! 꿈인 줄 알았는데, 진짜로 왔어! 어릴 적 얼굴이 그대로 남아 있네! 네 할아버지랑 내가 너를 데리고 남산타워에 갔던 거 기억하니? 내가 무지개떡도 주고 그랬는데!"

금비 할아버지의 손자가 어렴풋한 미소를 지으며 고개를 끄덕였다.

"잘 기억나지 않지만, 뭔가를 먹으며 행복했던 것 같아요."

"그래! 넌 너무 어렸지! 나는 사고로 가족을 잃었단다. 네 할아버지가 나를 붙잡고 다시 살아갈 수 있게 용기를 줬어. 그때 만든 떡이 바로 이 무지개떡이란다. 네 할아버지가 누구한테 듣고 알려줬던 것 같구나! 맛 좋고 기분도 좋아지는 떡을 사람들이 알아보고 너도 나도 떡을 사려고 야단이었어. 내 정신 좀 봐! 배고프지? 우리 집으로 가자! 떡국을 끓여 주마. 우리 어머니의 비법으로 끓이니까 아주 맛날 거야."

금비 할아버지 손자가 반달눈으로 웃었다.

"감사합니다."

방앗간 할아버지는 손자의 어깨를 토닥이다가 나무 미닫이문을 힘껏 열고 밖으로 나섰다.

방앗간 할아버지 집은 가구가 거의 없고 깔끔했다.

식탁에 김이 모락모락 나는 떡국이 놓였다. 금비 할아버지 손자는 따뜻한 떡국을 한 입 떠 먹었다. 고소한 맛이 온몸으로 퍼지면서 마음까지 따뜻해졌다.

손자는 집에서 요리한 떡국을 먹어 본 건 처음이었다. 여태 사먹은 어떤 떡국보다도 맛있었다.

떡국을 먹는 손자를 방앗간 할아버지는 안쓰럽게 바라보았다. 초라한 모습에서 그동안 어떻게 살아왔는지 짐작이

갔다.

“고생이 많았구나. 나랑 지내며 무지개떡을 만들어 보지 않으련? 나도 이제 늙어서 방앗간 문을 닫을까 했는데, 네가 맡아 주면 좋을 거 같구나.”

방앗간 할아버지는 손자의 두 손을 힘껏 움켜잡았다.

오랜 세월 숲에서

새소리와 햇살, 숲을 거닐면서 느끼는 잔잔한 행복감, 이제 산신 아저씨는 지구별 생활에 익숙해졌다. 이곳에 온 이유를 조급하게 생각할 필요가 없었다. 사람들의 사연을 들으면서 어렴풋하게 그려지는 것들이 있었고 언젠가 때가 되면 숨은 이야기들이 드러날 것이라고 믿었다.

다람쥐 복덕방에 찾아오는 손님들에게 집을 구해 주고 그들이 행복해하는 모습을 보며 산신 아저씨는 흐뭇했고 위안까지 얻었다. 그것으로 충분했다.

이제 다람쥐 복덕방과 마음의 숲은 오래된 고향처럼 산신 아저씨에게 안식을 주는 곳이 되었다.

산신 아저씨가 산책을 마치고 돌아왔다. 금비 할아버지는 문앞에 있는 나무 의자에 앉아 숲속 풍경을 바라보고 있었다. 산신 아저씨가 금비 할아버지 옆에 나란히 앉았다.

"영감님, 요즘 어떠세요? 손자도 찾았는데 수정별로 다시 돌아갈 생각은 아니죠?"

"자네도 있고 철컥이도 있는데 뭐 하러 수정별로 가겠어. 난 여기가 참 좋아. 이렇게 숲을 바라보고 있으면 마음이 한없이 편해져. 하하."

금비 할아버지에게는 아무런 걱정이 없었다. 손자는 이제 자신의 삶을 잘 가꿔 가고 있었다. 소소한 일상이 펼쳐지는 이 숲도 마음에 들었다. 다람쥐 복덕방을 찾는 손님들에게 차를 끓여 주고, 철컥이와 장난도 치고, 산신 아저씨 곁에서 농담을 주고받으며 바람과 햇살을 느끼는 삶이 최고처럼 느껴졌다.

산신 아저씨가 따뜻한 커피를 가져와 금비 할아버지에게 건넸다.

"바람이 차네요. 밖에 오래 앉아 계시지 마세요."

"시원하고 좋은데, 뭘!"

금비 할아버지가 커피 한 모금을 마시며 흐뭇하게 웃었다. 산신 아저씨도 따라서 피식 웃었다.

"자네야말로 이곳에 눌러살 건가?"

"저도 딱히 돌아갈 이유가 없으니까요. 이곳이 익숙해졌어요."

"그럴 줄 알았어!"

"뭐가요?"

금비 할아버지가 잠시 망설이다가 말했다.

"어쩌면 자네가 지키던 숲이 바로 이 숲일지 모르겠군! 하하."

"뭐 알고 계신 거라도 있나요?"

"하하. 나도 잘 몰라. 전에 조언자에게 들은 이야기가 있어. 숲지기는 대대손손 세상을 지키면서 사람들의 마음을 돌보는 일을 해왔다는군. 지구별은 가장 아름다운 마음이 숨겨진 곳이라서 숲지기들은 지구별 숲을 돌보았대. 지구별이 아름다워지면 우주 전체가 밝아지기 때문에 지구별 숲을 돌보는 일이야말로 정말 중요한 일이라고 했어."

금비 할아버지의 이야기를 들으며 산신 아저씨는 자신이 왜 이곳에 왔는지, 왜 마음의 집을 찾아 주게 되었는지 조금은 짐작이 갔다. 여전히 숲지기로 살며 사람들의 마음을 치유해 주는 일, 그것이 마음의 숲에서 할 일처럼 느껴졌다.

"컹컹!"

다람쥐복덕방
집

숲속에서 철컥이가 뛰어나왔다. 산신 아저씨는 자리에서 일어나 철컥이를 안아 올렸다. 금비 할아버지도 기지개를 켜며 자리에서 일어섰다.

"오늘은 뭘 먹을까?"

"산책 가기 전에 이미 해놨습니다. 카레, 괜찮으시죠?"

금비 할아버지가 입을 샐쭉거렸다.

"카레? 난 카레 정말 딱!"

산신 아저씨가 난감한 표정을 지었다.

"딱! 질색이세요?"

"딱! 좋지!"

"네? 영감님도 참! 하하하!"

웃고 있는 산신 아저씨에게서 금비 할아버지는 철컥이를 받아 안았다.

"어서 가서 카레 먹자! 아이고 철컥아! 너 또 살쪘냐? 고철 무게만 느는 거다. 살 빼자!"

집 안으로 들어가는 금비 할아버지를 산신 아저씨가 미소를 띤 채 바라보았다.

"뭐 해, 어서 들어오지 않고?"

"네, 영감님! 들어갑니다."

"컹컹!"

다람쥐 복덕방

밤에만 여는 복덕방

초판 1쇄 발행일 2025년 3월 3일

글 정은수
그림 더드로잉핸드
펴낸곳 옐로스톤
펴낸이 최은숙
출판등록 2008년 3월 19일 제2008-000030호
주소 경기도 파주시 회동길 337-15, 404호
전화 031-915-2583

전자우편 dyitte@gmail.com
블로그 https://blog.naver.com/yellowtone
페이스북 Yellowstone2
인스타그램 @yellowstone_publishing_co